Nils Dorenbeck · Die widerspenstige Hand

Ob er denn wisse, wer er sei? Klar, hatte Heimann da gesagt, aber zu spät und nur leise, und der Pater nahm die Bücher zur Hand. Um zu wissen, wo man hinwolle, sagte er, müsse man wissen, wer man sei. Und um zu wissen, wer man sei, müsse man wissen, wo man herkomme. Zu viele Menschen fragten erst danach, wenn keiner mehr da sei, der antworten könne.

Dass er infolge eines Schlaganfalls am Syndrom der »anarchistischen Hand« leidet, erfährt Martin Heimann erst in Untersuchungshaft. Gefangen nimmt ihn dort sein Inneres: die verkorkste Beziehung zu Maria, seine Kindheit im väterlichen Pfarrhaus, die verbotene Liebe seiner Eltern und seine Angst, das Tun seiner Hand drücke aus, was er unbewusst wolle. Auch was der Wille eigentlich sei, ob frei oder vorherbestimmt, weiß er nicht. »Die widerspenstige Hand« erzählt von den Schattenseiten religiöser Ideale und von der Frage, die die Hand symbolisiert: Ist zu leben etwas, das wir tun, oder etwas, das geschieht?

Nils Dorenbeck

Die widerspenstige Hand

Roman

MaroVerlag

1 Wie befreiend es war, eingesperrt zu sein! Und endlich allein. Gegenstand einer Untersuchung, die draußen ihren Lauf nahm, außerhalb der ruhigen Zelle im Präsidium, jenseits ihrer vier Wände, ihres Fensters mit dem Stück Himmel darin, durch das Wolken krochen und Vögel flitzten, und ihrer verriegelten Tür. Und Stille umfing ihn wie tröstlicher Nebel.

Heimann war kaum eingeschlafen, da meldete man ihm Frau Kuhnt, die Anwältin. Vorbei war die Ruhe, und er sollte wieder reden, zuerst mit ihr, dann mit dem Haftrichter Bucksteeg. Anschließend verfrachtete man Heimann vom Präsidium ins Gefängnis, auch hier war Geplapper: Der Psychiater wollte ihn sprechen, Dr. Icks. Der war nett. Heute haben sie Heimann in die Uniklinik kutschiert, zu diesem Professor Ingerfeld, der hat ihm das Hirn durchleuchtet. Und eben wieder zurück in den Knast. Alles wegen mir: Heimanns linker Hand.

Ich gebärde mich neuerdings mutwillig. Was Heimann verstört. Am Syndrom der anarchistischen Hand leide er, hat dieser Professor Ingerfeld gesagt. Heimann habe wohl ein Schlaganfällchen gehabt, behauptete der, und seine linke Hand, die spiele jetzt verrückt. Ich weiß nicht, was das ist: ein Syndrom. Ein Komplex von Symptomen, sagt das Lexikon. Frau Kuhnt hat eins mitgebracht. Und die Symptome sind:

mein Greifen nach Dingen, mein Befingern, Befühlen, Benutzen von allem, worauf Heimanns Blick fällt.

Auf einem Spaziergang trat ich in sein Leben, mit Maria im Heltorfer Park. Heimann hatte Tacheles reden wollen. Er liebte sich kaputt an ihr. An ihrer jammernden Unverbindlichkeit. An ihrer Unentschiedenheit, was ihren Ehemann betrifft. Sie hat sich ja nie von ihm getrennt. Schlimmstenfalls wollte Heimann das jetzt tun: Schluss machen mit ihr. Aber alles kam anders. Bei Maria kommt ja immer alles anders. Und wer sich auf sie einlässt, bei dem kommt auch alles anders. Der wird von diesem ständigen Anderswerden wie von einer Welle ergriffen und fortgespült. Aber diesmal lag es nicht nur an Maria, sondern ebenso an Heimanns Schlaganfall und also letztlich an mir, die ich damit in sein Dasein trat. Und am Wetter lag es auch.

Schwül war es an dem Tag, die Luft lag wie Blei auf den Bäumen. Heimann war schwindlig, der Weg schlingerte vor seinen Augen, er wankte in eine Wiese und hielt sich an einem Baum fest. Maria seufzte.

Was denn sei, fragte Heimann. Der Baum schien nachzugeben. Moos wuchs auf der Rinde. Heimann kühlte seinen Schädel daran.

Ihr Mann habe sie wieder bedrängt, jammerte Maria. Letzte Nacht. Mit ihr schlafen habe er wollen, sie sei aufgewacht. Ihr Nachthemd sei hochgeschoben gewesen.

Warum sie noch da wohne, ächzte Heimann.

Weil ihr Mann sie nicht gehen lasse, klagte Maria und schlenderte weiter.

Das ist eine ihrer beiden Standardantworten. Die andere lautet: Weil Heimann sie nicht richtig liebe, sonst wären sie doch längst eine Familie.

Derlei sagt sie, ohne mit der Wimper zu zucken. Und Heimann steht belämmert dabei. So kraus ist ihr Unsinn, dass er glaubt, die Falschheit täusche, er missverstehe immer. Schon zu Anfang war das so, als Maria plötzlich in seinem Seminar stand, als Gasthörerin, einen Stapel Gedichte in der Hand, die demnächst angeblich erschienen. Er möge sie überarbeiten. Heimann fühlte sich geschmeichelt, weil eine schöne Frau sich interessierte. Für gefeiltes Wort. Und seziertes Gefühl.

Ihre Gedichte waren schwerfällige Ausmalungen missachteter eigener Schönheit und nicht der Rede wert. Bald waren sie kein Thema mehr. Stattdessen ihre neidischen Freundinnen. Die Bosheit ihres Mannes. Die Unverfrorenheit seiner Freunde, die ihr nachstellten. Und dann plötzlich: ihr Kinderwunsch. Heimann war beklommen und ratlos. Sie wohnte bei ihrem Mann! Und bedeutete ein Kind nicht, sich auszuliefern an jenes Ominöse, das er lieber nur beobachtete? Weil er es mit dem Verstand nicht fassen konnte?

In seinem Kopf hämmerte jetzt etwas, wollte aus dem Schädel und kam nicht heraus. Ich war das, die da herauswollte. Heimann lag gleichsam mit mir in den Wehen, nur dass keine Hebamme ihm half, sondern Maria ihr Theater aufführte. Sie habe immer Kinder haben wollen, hörte er sie jammern. Und: dass sie ja auch schwanger sein könnte.

Ich ließ den Baum los, und Heimann fiel in die Wiese. Ich rupfte Gras, er starrte mich an. Maria war weit voraus. Er wollte sie rufen, aber es ging nicht. Er wollte etwas sagen und wusste nicht, was. Wo eben noch Wörter gewesen waren, lärmte jetzt Stille. Und Maria verschwand hinter hohen Rhododendren.

Er rappelte sich auf, stolperte ihr nach, geschubst von Schwindel, verfolgt von der Sonne. Gleißend brach sie durchs

Geäst und stach ihm in die Augen. Büsche dampften, Hummeln dröhnten. Dann wieder Stille, gefolgt von einem Rauschen.

Als er den Ausgang des Parks erreichte, sah er Maria in ein Taxi steigen. Er fand seinen Wagen, versuchte die Verfolgung. Das Taxi hatte die Autobahn genommen, ich zwang ihn auf die Landstraße. Alleebäume kamen bedenklich nahe, auf der Gegenspur bremste und hupte man. Heimann klemmte mich unter seinen Hintern, fuhr einhändig weiter. Parkte vor Marias Gartentor. Spatzen stoben aus der Hecke. Er klingelte an der Haustür. Ich spielte an der Briefklappe, steckte meine Finger durch den Schlitz. Dann nahten Schritte, und ich zog mich zurück.

Als Maria öffnete, geschah es. Es geschah, wie ein Windstoß geschieht, und ein Blumentopf fällt vom Balkon herab und zerbirst auf dem Pflaster, die Blumen verkümmern auf der versprengten Erde, und keiner ist's gewesen. Ich wollte das nicht, es ist irgendwie passiert, ich erschrak genauso wie Heimann und Maria. Ich sah Marias Augen, wie sie aus den Höhlen quollen, und unter meinem Daumen sprang die Gurgel auf und ab – wie ein gefangenes Tier. Mit seiner Rechten zerrte Heimann an mir herum, Maria schlug um sich, ich ließ endlich los, und Heimann lief davon.

Zu Hause warf er die Wohnungstür hinter sich zu und sank an ihr herunter. In seinem Kopf kreisten Wörter und fanden nicht zur Zunge. Er trieb sie mit Rotwein über seine Lippen, rief Maria an und lallte: Er sei es nicht gewesen. Er werde zu ihr kommen, ihr alles erklären.

Maria sprach kein Wort, schnaufte nicht einmal, und im Hintergrund zwitscherten Vögel. Ein Buchfink schmetterte, die Kaskade seines Zwitscherns perlte herab, ein Schimpfen und Meckern, gefolgt von einer Frage, einem Heischen nach Zustimmung, und Heimann erwartete die Wiederholung so dringlich, als spräche der Fink für Maria. Aber sein Zwitschern ließ auf sich warten, vielleicht wechselte er den Zweig oder floh auf einen anderen Baum, weil eine Katze oder eine Krähe ihm zu nahegekommen war, und als er endlich wieder sang, klang es tatsächlich etwas leiser, wie von weiter weg, und Heimann lauschte, ob er ein Krächzen oder ein Maunzen hörte. Aber nur eine Männerstimme murmelte: Ob er das etwa sei.

Maria legte auf, und Heimann stand verdattert da, lauschte in die Muschel und spürte sein Herz hämmern. Das Herz sei so groß wie eine Faust, sagt man. Als er den Hörer weggelegt hatte, ballte ich mich, blieb aber Faust, wurde nicht Herz und konnte seinen Puls nicht beruhigen.

Dann schellte es, und die Polizei war da. Willenlos ließ Heimann sich festnehmen. Auch ich hielt mich still. Man würde alles untersuchen. Er verzichtete auf Erklärungen, nahm alles hin. Und ich glaube, das war die richtige Entscheidung.

2 Ich weiß noch, wie sein Blick das erste Mal auf Frau Kuhnt fiel. Eigentlich fiel er nicht, sondern stieg zu ihr auf, und das nicht nur, weil Heimann zunächst auf der Pritsche lag, sondern auch, weil Frau Kuhnt so etwas Klares ausstrahlte, während er der Verrückte war. Ungewaschen war er obendrein. Er stank nach Schweiß und Alkohol, nach schlechtem Schlaf und chronischer Verstörung.

Die Anwältin öffnete das Fenster, setzte sich, strich ihren Rock glatt.

Ulrike Kuhnt heiße sie. Sie stehe ihm als Verteidigerin zur Verfügung. Ihr Bruder, Professor Kuhnt, Heimanns Vorgesetzter an der Uni, habe sie verständigt.

Heimann starrte auf ihre Beine. Eine Laufmasche fraß sich ihr rechtes Schienbein hinauf.

Warum er Frau Gaßdorf angegriffen habe. Warum er überhaupt da gewesen sei.

Er habe den Polizisten doch alles gesagt, murmelte Heimann und beäugte die Laufmasche.

Gar nichts habe er gesagt, nur genickt. Durch sein Nicken habe er die Anzeige in ihrem Wortlaut bestätigt. Nicht den Ansatz einer Erklärung habe er vorgebracht. Ob er das nicht komisch finde.

Frau Kuhnt, wenn Sie wüssten! Er hat es ja versucht. Aber wer sollte das glauben? Seine Hand sei es gewesen! Ich zog ihn an den Haaren, als er's stammelte. Man grinste schief und warf einander Blicke zu: Mal langsam, Junge, man sei hier nicht im Zirkus.

Dann las man ihm vor, was die Gaßdorfs ausgesagt hätten. Vom Zeugen Werner Gaßdorf war die Rede, der zu Hause gewesen sei. Von den Malen an Marias Hals, die auf den einhändigen Zugriff eines Linkshänders hindeuteten. Von Heimanns Auto, das er vor dem Gartentor der Gaßdorfs habe stehenlassen. Und von den Nachbarn, die gesehen hätten, wie er Frau Gaßdorf an der Haustür angegriffen habe und dann davongelaufen sei.

Er solle doch gestehen, säuselte einer der Beamten. Er sei betrunken gewesen, das wirke strafmildernd.

Frau Kuhnt, was hätten Sie getan? Verwirrt hockte er da, geängstigt von seltsamen Symptomen: Kopfschmerzen, Schwindel, Sprachverlust und mir. Seine Knie schlugen aneinander, seine Arme zitterten, er fror, dabei war Sommer. Ich war ihm unheimlich. Ich bin es noch jetzt. Was immer ich tue, es beunruhigt und verstört ihn, und er fragt sich stets, wer es tue und warum.

Ein anderer Beamte blaffte ihn an: Ob es so gewesen sei!

Genickt hat Heimann, ganz wie von selbst.

Ob er einen Anwalt habe, fragte man ihn.

Er zuckte mit den Schultern. Professor Kuhnt sollten sie anrufen. Dessen Schwester sei Anwältin.

Man versprach's und wies ihm seine Zelle.

In der Zelle schlug die Anwältin jetzt ein Bein über das andere und verbarg so die Laufmasche.

Was denn er selbst von all dem denke, fragte sie.

Frau Kuhnt, das ist es doch gerade! Er weiß nicht, was er denken soll. Was ich tat, wollte er nicht – aber etwas in ihm schien es zu wollen, oder nicht?

Wolle er das Protokoll so unterschreiben? Dann bleibe es bei versuchtem Totschlag.

Er schwieg. Starrte auf ihre Hände, zählte ihre Finger, von links nach rechts: zehn. Andersrum: auch zehn.

Aus dem Kopf gab die Anwältin wieder, was Maria ausgesagt hatte: Eine Zufallsbekanntschaft sei er. Schon länger stelle er ihr nach. Schließlich habe er sie an der Haustür bedrängt: Sie wolle es doch auch. Aber Maria habe ihn weggeschickt. Da habe er sie an der Gurgel gepackt.

Frau Kuhnt sah ihn an. Ob er das so unterschreiben wolle.

Er schüttelte den Kopf.

Sie beugte sich vor, und eine Horde Mauersegler schoss schreiend am Fenster vorbei, als sie fragte: Sei er nun dagewesen oder nicht?

Er nickte.

Habe er Frau Gaßdorf gewürgt oder nicht?

Er schüttelte den Kopf.

Aber die Würgemale. Ob Werner Gaßdorf …

Kopfschütteln, nein.

Wer dann?

Die Mauersegler kreischten jetzt von ferne, etwas anderes flatterte ganz nah. Spatzen tschilpten. Unter dem Dach des Präsidiums musste ein Nest sein, gleich über dem Zellenfenster.

Heimann wand sich: Er wisse nicht, was mit ihm sei, die Hand spiele verrückt, bewege sich wie ferngesteuert, gegen seinen Willen. Den Polizisten habe er das gesagt, die hätten ihn ausgelacht. Ihn aber quälten Angst und Schuld.

Frau Kuhnt atmete schwer. Dann musterte sie mich. Türkise Adern schlängelten sich meinen Rücken entlang und verschwanden zwischen meinen Fingerknöcheln. Zweimal holte die Anwältin Luft, zweimal wich hörbar ihr Atem aus der Nase. Beim dritten Ausatmen sprach sie, die Stirn in Falten: Wieso Schuld, wenn es die Hand gewesen sei?

Heimann schwieg. Stille war im Spatzennest.

Sie wolle, dass seine Schuldfähigkeit psychiatrisch untersucht werde. Auch da müsse er reden.

Hilfesuchend lugte er zum Fenster. Kein Schreien, kein Tschilpen. Nur eine Straßenbahn klingelte und hörte nicht mehr auf.

Er sei doch Literaturwissenschaftler. Ob er es aufschreiben wolle.

Vielstimmiges Piepsen aus kleinen Schnäbeln. Heimann nickte.

Gut, schloss Frau Kuhnt, morgen sei der Vorführungstermin. Sie werde eine psychiatrische Begutachtung beantragen. Und ihm etwas zu schreiben bringen. Bis dann.

Sie erhob sich und reichte ihm die Hand.

Ich war schneller als er.

Sie erschrak, hielt mich fest mit zarten Fingern. Sah ihm in die Augen.

Schreien, ganz nah.

3 Es hat ihn aufgewühlt, das Gespräch mit dem Professor gestern in der Uniklinik, und ich kann nicht anders, als aufzuschreiben, was ihm durch den Kopf geht. Beziehungsweise mir. Aufs Gleiche kommt's raus, denn sein Gehirn ist auch meins. Was er denkt, denk ich, was er fühlt, fühl auch ich, und seine Erinnerungen sind gleichermaßen meine. Denn als Seele und Geist war ich immer schon er, muss es doch sein, auf eine Weise, die wir nicht durchschauen.

Nur im Handeln klaffen wir manchmal auseinander. Er fürchtet mein furioses Fassen, nach Menschen, nach Dingen, es macht ihn nervös. Er fixiert mich darum wie ein Polizist einen Schwerverbrecher, presst mich ängstlich an seine Brust. Denn was immer er sieht, ich könnte danach greifen und etwas damit treiben, das er nicht tun will – oder zu wollen sich nicht traut: Frau Kuhnts Laufmasche befühlen, ihre fragilen Fasern befingern, durch die Nacktes schimmert, es mit den Fingerkuppen staunend streicheln, ihre Augen betrachten, ihre Wangen, ihr Haar, das ich mit zitternden Fingern zurück hinter ihr Ohr striche, wenn er mich ließe.

In meinem Kritzeln hingegen sind wir eins. Greif ich zum Stift, kann er die Wörter kaum halten. Denn weil ich bloß kritzel, lässt er die Wörter laufen, und da sie schon laufen, schreib ich einfach mit. So trickst er sich aus, wir schreiben, als schriebe ein andrer, und was er nicht zu tun wagt, geschieht – wie von Geisterhand sozusagen.

Dabei weiß er, wie's geht. Seinen Studenten erklärt er's: wie man Geschichten schreibt. Weil er neuerdings auch Kreatives Schreiben lehrt. Voll sind seine Kurse, und in den Leuten gärt etwas. Wie Dampfkessel sitzen sie vor ihm, kurz vor dem Pfeifen – verpickelt, noch jung, schon beschädigt und wund. Zwei haben bereits etwas veröffentlicht. Er selbst schreibt nicht einmal Tagebuch. Dabei sollte er das, finde ich.

Wie gut, dass er jetzt mich hat! Und bestens, dass er im Kittchen sitzt. In der Zelle ist Zeit, und die brauche ich. Die ganze Geschichte beginnt ja nicht hier und nicht erst mit mir. Sie reicht weit zurück, und jetzt ist vielleicht Heimanns Chance: jetzt, da wir hier feststecken – so eingeengt, dass etwas sich öffnet.

Aber ich schweife ab. Genau wie der betrunkene Professor gestern. Heimann sei vielleicht schuldunfähig aufgrund einer seelischen Störung, hatte der gelallt: Aber diese Hand, und er riss mich in die Höhe, sei die etwa seelisch? Wo sei denn die Seele? Etwa im Gehirn? Da sei von einer Seele nichts zu sehen. Andererseits: Wie wolle man sie sehen, wenn man sie unsichtbar wähne, hingegen Sichtbares immer einen Körper schimpfe?

Verstört kehrte Heimann zurück ins Gefängnis. Auf dem Tisch lagen Stifte und Papier. Ich spielte mit den Buntstiften. Dann griff ich den Bleistift und schrieb. Seitdem frage ich schreibend: Warum? Warum tue ich, was ich tu?

Der Professor hat darauf keine Antwort gewusst. Ein Feuerwerk der Reize wirke ständig auf uns ein, hat er gesagt: ein Trommelfeuer, dem das gesunde Gehirn widerstehe. Es könne die Reize verarbeiten, unsere Handlungen steuern. Das anarchistische Hirn hingegen gebe nach. Motorische Automatismen griffen Raum, Impulse schössen hindurch. Der Patient entscheide nicht mehr: Greife ich zum Stift, nur weil er da liegt? Pack ich ihren Hals, nur weil ich es kann? Weil's mir in den Sinn kommt? Und warum kommt's mir in den Sinn?

Aber es ging mir ja nicht um den Hals! Es war der Reiz als solcher, die pure Möglichkeit des Greifens, die das Zupacken hervorbrachte. Natürlich hat ein Hals eine besondere Figürlichkeit. Ein Hals ist wie ein Griff. Das sind Arme zum Beispiel auch, zugegeben. Aber sie sind nicht wie der Hals, in dem die Gurgel sitzt, durch die die Luft ein- und ausfährt, um die Lungen zu füllen, sie mit Sauerstoff zu weiten. Damit das Blut ihn verteile, bis alle Zellen ihn haben. Die ohne ihn nicht wären, was sie sind, sondern tot. Deshalb schwingt immer der Tod mit, wo es um Hälse geht. Weil sie voll Leben sind.

Es liegt also nicht an mir. Die Natur der Dinge ist es, die dazu geführt hat, dass geschah, was passiert ist. Ich wollte das nicht. Ich wollte überhaupt nichts.

4 Was ist das, das stirbt? Was lässt ein Herz stillstehen für immer, nicht bloß für eine Sekunde, von der man hinterher behauptet, das Blut sei einem in den Adern gefroren? Plötzlich steht es wirklich, und wir hören auf, alles zu sein, was wir jemals waren: lieb, roh, neugierig, verblüfft, großmäulig, schüchtern, hinterlistig, albern – wir sind es nicht mehr, denn wir sind nicht mehr.

Heimanns Vater lebt noch, als Pater in einem Kloster. Er ist jetzt im Rentenalter. Wahrscheinlich musste er aus der Gemeinde weg, weil die Ähnlichkeit mit seinem Sohn immer deutlicher, das Geraune im Dorf immer lauter wurde, anders als beim Tod der Mutter. Damals hatte man nichts gewusst oder zumindest so getan. Jetzt wusste man, weil die Ähnlichkeit nicht zu übersehen war. Vielleicht war sie auch früher schon zu sehen gewesen. Als Kind hatte Heimann kein Auge für so was. Es interessierte ihn auch nicht.

Auch an die inneren Ähnlichkeiten dachte er nicht, die sich in ihm vielleicht wiederholten. Manchmal überspringt auch ein Zug eine Generation oder zwei, taucht später wieder auf, und es ist keiner mehr da, der sich erinnern könnte, wer sich früher so verhielt wie plötzlich dieses oder jenes kleine Kind. Aber so oder so ist das ein Thema der Erwachsenen. Die Erwachsenen sagen, du ähnelst der Oma, du bist wie dein Vater. Jugendliche wollen das nicht hören. Nichts ist ihnen schlimmer, als so zu sein wie ihre Eltern.

Nah ist in Heimann der Vater. Auch seine Mutter ist nah, aber weniger präsent. Seinen Vater kann er riechen: In seinen Hemden ist er, die er aus der Wäschetonne nimmt und in die Waschmaschine stopft, in Kissenbezügen, in seiner Mütze. Aus Spiegelndem schaut er ihn an, wenn Heimann zufällig hineinsieht. Auch wohnt er in vielen von Heimanns Gesten, lugt hervor, wenn Heimann aufbraust, und teilt mit ihm die Sehnsucht nach Stille.

Die, die Heimann von früher kennen und seinen Vater gekannt haben – es sind nicht sehr viele und er meidet den Kontakt –, meinen, er habe die Kopfform des Vaters, dessen Haare und Statur, er benehme und bewege sich wie dieser, spreche wie er. Dennoch sieht er auf den ersten Blick mehr aus wie die Mutter, sein Gesicht ist von ihr, mit den Falten des Vaters darauf, sodass, je älter Heimann wird, sein Vater sich immer stärker auf sein Mutterantlitz prägt. Als wolle er es noch im Nachhinein verwischen.

Heimann war zehn, als sie starb, an ihr Gesicht kann er sich kaum erinnern. Manchmal blitzt in seinen Gedanken etwas auf und verschwindet. Zurück bleibt eine Frisur, ein Kleid, ein Kragen, gruppiert um ein Schimmern in Grau, wo ein Gesicht sein müsste. Er hat kein Foto. Als er später in Alben kramte, fand er darin keine Bilder von ihr. Sein Vater muss sie herausgetrennt haben.

Die Tagebücher hat sein Vater verschont. Ihnen entstammt fast alles, was Heimann über die Beziehung seiner Eltern weiß. Seit ihrem zwölften Lebensjahr hat seine Mutter Tagebuch geführt. Rund zwanzig Kladden hat Dorothee vollgeschrieben und mehrere Bücher, auch lose Blätter, zusammengeheftete Rückseiten von Briefen. Offenbar war es ihr gleich, worauf sie schrieb, solange sie nur schreiben konnte. Das also scheint er von der Mutter zu haben: den Drang, den Dingen mit Wörtern auf den Leib zu rücken.

Auch von Heimanns Vater schreibt Dorothee viel. Anfangs findet er Erwähnung, wie eben Pfarrer oder Lehrer Erwähnung finden in den Tagebüchern von Jungen und Mädchen, ein bisschen häufiger zwar, doch ansonsten nicht auffällig: Pfarrer Schwegler habe dies gesagt, er habe das gemacht, mit Pfarrer Schwegler habe man eine Nachtwanderung unternommen und derlei. Später finden sich ausführliche Beschreibungen seiner Person: wie er gehe, wie er lache, wie seine Stimme klinge. Auch sein Körper wird erwähnt. Beim Schleppen von Kisten und Möbeln für den Wohltätigkeitsbasar sei Pfarrer Schwegler so ins Schwitzen geraten, dass

17

sein Rücken und sein Brustkorb unter dem Oberhemd sichtbar geworden seien.

Ab wann ein verliebter Ton sich einschleicht, ist schwer zu bestimmen, das Wort Liebe kommt kaum jemals vor und erst relativ spät, da ist sie schon siebzehn. Sie glaube, sie liebe ihn, heißt es zuerst, und wenig später: Sie denke fast nur noch an ihn. Ein anderes Mal notiert sie, er habe sie so komisch angeschaut und sein Blick sei so starr gewesen wie der des Hundes ihrer Eltern, wenn der einem Hasen hinterher wolle, dunkel und wie nicht von dieser Welt. An wieder anderen Tagen schreibt sie nur, wie lustig er sei, wie lieb zu ihr, und von Verstörung ist nichts zwischen den Zeilen. Auch von Berührungen steht da nichts, auch nicht von jenem flüchtigen und windhaften Berühren, das man als Zufall inszenieren und dennoch auskosten kann.

Sie sah ihn mindestens zweimal die Woche, montags im Religionsunterricht, sonntags in der Messe, und dazwischen liefen sie sich im Gemeindehaus oder im Dorf über den Weg. Sie notiert, dass sie nicht mehr wisse, wo sie hinschauen solle, wenn sie ihm begegne, obwohl sie doch nichts anderes wolle, als ihn anzuschauen. Stattdessen flüchte sich ihr Blick in dunkle Zimmerecken, in denen es nichts zu sehen gebe, in die Helligkeit des Himmels, ins blaue Nichts der Luft, und ihr Kopf male sich aus, wie er dann dastehe vor ihr und sie anschaue, verlegen hoffentlich, denn dann gehe es ihm wie ihr. Könne sie das aber hoffen? Sie sei mit achtzehn ja fast noch ein Kind, er sei ein Mann Mitte dreißig. Aber er möge sie, das habe er schon oft gesagt, ja sogar betont, und bei dem Gedanken schieße ihr auch jetzt wieder das Blut in Wangen und Ohren.

In der Kirche sieht sie ihn und lauscht. Seine Stimme sei während der Messe so anders, wundert sie sich, und so achtet sie darauf und stellt fest: Seine Stimme verändert sich, je nachdem, mit wem er spricht. Er habe eine Stimme für Kinder und eine für Alte, eine für Lehrer, eine für Eltern. Sie unterschieden sich manchmal nur in Nuancen, die für Lehrer und die für Eltern seien zum Beispiel beinahe gleich. Er habe viele Stimmen, und es scheine, schreibt sie eines Tages, dass sie eine davon eben erst kennengelernt habe, nach der Messfeier: seine Stimme nur für sie, und auch daraus nehme sie die Gewissheit, er habe sie lieb.

Ihre Eltern hätten sie hingeschickt gehabt, schreibt sie, ihn zum Essen einzuladen, und er habe noch mit den Messdienern gesprochen, mit seiner Messdienerstimme. Dann seien die Messdiener gegangen, und für Sekunden seien sie allein gewesen vor der Tür zur Sakristei. Und nachdem sie die Einladung ihrer Eltern ausgesprochen gehabt habe, habe er mit der Stimme für die Pfarrjugend gesagt, es tue ihm leid, er könne nicht kommen, er müsse noch ins Krankenhaus. Das sei schade, habe sie gesagt, und seine Stimme habe sich verändert. Er finde es auch schade, habe er gesagt, mit der Stimme nur für sie, er sei ja so gern in ihrer Nähe. Rot geworden sei sie und habe zu Boden geschaut. Und dann hätten ihre Eltern sie gerufen. Weggelaufen sei sie, und er habe ihr nachgeschaut.

Die entscheidende Begegnung kam unverhofft. Sie habe ausnahmsweise einmal nicht an ihn gedacht, schreibt sie, als er wie zufällig plötzlich vor ihr gestanden habe, an der Mauer zum Pfarrgarten, wo sie umhergeschlendert sei. Fahrig sei er gewesen, mit zitternden Händen und vielfachen Blicken nach links und nach rechts, ob jemand sie sehe. Ob sie nicht hereinkommen wolle?

Im Pfarrhaus sei es kühl gewesen, Dunkelheit habe in der Diele gelegen. Von der Sonne erhitzt, habe sie gefröstelt, als sie mit halbblinden Augen sein Gesicht gesucht habe. Ihren Arm habe er gestreichelt, ihre Wange, ihr Haar. Ein Nachhausekommen sei das gewesen. Dann habe er geflüstert, sie solle jetzt gehen, und gerannt sei sie nach Hause, schnell und glücklich wie ein Kind.

5 Waren Sie mir böse, Frau Kuhnt? Ich hatte alles vermasselt, nicht wahr? Aber so bin ich. Soll ich was vorführen, verweigere ich mich. Schon als Kind war Heimann so. Er mochte es nicht, wenn Erwachsene ihn baten, etwas Lustiges zu machen. Wenn sie einander verschworen zuzwinkerten. Er wollte nicht in den Vordergrund geschubst werden, Kunststückchen vorturnen. Genauso geht es mir.

Wie kann ich das wiedergutmachen, Frau Kuhnt? Ich habe Sie in eine unangenehme Situation gebracht. Das wollte ich nicht. Das Gegenteil will ich: dass alles gut für Sie sei. Auch neulich wollte ich das, im Vorführungstermin. So gern hätte ich getan, worum Sie mich baten, hätte Heimann gehauen, dem Richter gewunken, dem Staatsanwalt die Robe zerzaust. Aber es ging nicht, denn alles blockierte in mir.

Ist es nicht auch so mit Gefühlen? Man kann sie nicht machen. Liebe, zum Beispiel. Manchmal hat Heimann das versucht: Kontaktanzeigen gelesen, Fremde getroffen, in Kneipen und Parks. Komisch dagesessen, das Herz grell ausgeleuchtet, damit er merke, ob er sich verliebe. Natürlich tat er's nicht. Gefühle meiden solches Licht.

Bis Maria in sein Leben trat. Sie riss ihm den Boden unter den Füßen weg, fing ihn aber nur scheinbar auf – eine halbe

Liebe, sozusagen. Also im Grunde gar keine, auch wenn Heimann sich schwertut, das einzusehen. Ich aber frage ihn hiermit: Was will er von einer wie Maria noch erwarten?

Sie aber habe ich bewundert, Frau Kuhnt, während des Vorführungstermins. Wie Sie für Heimann kämpften! Auf verlorenem Posten. Was konnten Sie schon vorbringen? Und wer hätte gedacht, dass dieser blutjunge Staatsanwalt so abgefeimt sei? Dabei hatte Heimann doch nur erklären wollen, warum er nichts dafürkönne. Als er Maria anrief, die angeblich den Lautsprecher betätigt hatte, sodass auch ihr Mann Heimanns Drohungen gehört hätte. Er hatte doch wirklich nur erklären wollen, was ihm passiert war: mein Greifen, mein Würgen, die sogenannte Tat. Überrumpelt war er davon, genau wie Maria. Und genau wie von diesem Staatsanwalt. Ob Heimann nach der Tat Frau Gaßdorf angerufen habe, fragte der. (Ja, gewiss, warum hätte er das leugnen sollen?) Ob er nicht da schon behauptet habe, er sei es nicht gewesen. (Ja, schon da hatte er es gesagt. Zeigt das nicht, wie unschuldig er ist?) Und ob er nicht sogar verlangt habe, Frau Gaßdorf solle nicht zur Polizei gehen. (Natürlich hatte er das gesagt, weil er es doch nicht gewesen war.) Er werde wiederkommen, habe er gedroht. (Sich erklären hatte er wollen, das ist doch keine Drohung!)

Heimann war sprachlos. Ganz harmlos hatte der Staatsanwalt getan. Fast hatte Heimann sich verstanden gefühlt. Aber der Hase lief plötzlich anders. Von versuchtem Totschlag war die Rede. Von vollendeter Körperverletzung. Ungläubig schüttelte Heimann den Kopf, wollte widersprechen. Aber der zackige Herr Kimmling wandte sich dem Richter zu: Da habe er den Haftgrund – 112 StPO, Verdunkelungsgefahr! Herr Heimann habe die Zeugin bedroht. So habe er sie von einer

Anzeige abhalten und eine Ermittlung verhindern wollen. Lasse man ihn frei, werde er die Zeugin gewiss abermals einschüchtern.

Haben Sie's bemerkt, Frau Kuhnt? Wie Richter Bucksteeg ins Leere glubschte? Unter ausgebeulter Wange fuhrwerkte seine Zunge herum. Kimmling schnarrte: Er beantrage Untersuchungshaft. Und dann legte er diesen Schmelz in seine Stimme und verneigte sich in Ihre Richtung: Auch wenn es ihm lieber wäre, sich der Rechtsanwältin zu ergeben.

Frau Kuhnt, ich habe Sie beobachtet. Sie blickten düster und mieden Heimanns Blick. Warum sagten Sie nichts? Schämten Sie sich heimlich für Ihren Mandanten? Er war sich Ihrer so unsicher, Frau Kuhnt. Und was mochte der Richter wohl denken? Was in seinem Mund vor sich ging, schien ihm wichtiger zu sein. Er pulte mit den Fingern an seinen Zähnen herum und trocknete dann die Finger an seinem grauen Bart ab.

Machte der Staatsanwalt Ihnen den Hof? Sie wurden sogar rot. Ein Schauer des Begreifens durchfuhr Heimann da, er malte sich aus, wie Sie mit Kimmling über ihn lachten. Was hatte er sich eingebildet? Ihre Welt ist von zackigen Staatsanwälten bevölkert, was soll Ihnen ein maulfauler Geisteswissenschaftler, befristet angestellt, schlecht bezahlt und mutmaßlich geistesgestört? Der Frauen würgt. Und dann seine Hand bezichtigt.

Kimmling posierte wie ein Feldherr. Ich hätte Sie gerne beschützt. Aber Heimann hat genug von solchen Geschichten – mit Frauen in problematischen Beziehungen, meine ich. Denn problematisch schien Ihre Liaison mit Kimmling wohl zu sein. Warum sonst schauten Sie so bedrückt? Was machte Sie so traurig? Dass Ihr Liebhaber sich durchsetzte?

Endlich schien der Richter gefunden zu haben, wonach er gesucht hatte. Er schmatzte zufrieden, ließ seine Zähne in Ruhe und bat um Ihre Stellungnahme. Sie pressten die Lippen aufeinander, als müssten Sie lachen. Wie schämte sich Heimann! Bis Sie endlich sagten: Er habe nichts getan.

Frau Kuhnt, das war so schön! Und Kimmling, wie war er entrüstet! Er spielte den Empörten und warf sich in die Brust: Die Zeugin Gaßdorf habe Würgemale am Hals, Heimann sei gesehen worden, habe quasi gestanden, was wolle die Verteidigung noch? Wer solle es gewesen sein, wenn nicht Herr Heimann? Etwa der Ehemann des Opfers, gar Frau Gaßdorf selbst?

Ich bewunderte Sie, Frau Kuhnt, Ihren Kampf mit solch winziger Waffe, dem ungewöhnlichsten aller Argumente. Sie zückten es wie ein Florett, dabei war es doch höchstens ein Brieföffner: Nicht Ihr Mandant habe die Zeugin gewürgt, sondern dessen Hand. Die linke Hand Ihres Mandanten tue in letzter Zeit Dinge, die dieser nicht tun wolle, greife nach Dingen wie mit eigenem Willen. Offenbar liege eine Erkrankung vor. Ihr Mandant sei psychiatrisch zu begutachten. Sie hätten begründete Zweifel an seiner Schuldfähigkeit.

Der Staatsanwalt schüttelte den Kopf, gespielt belustigt, sichtlich verdutzt. Dabei sagten Sie nur, wie es war. Er aber wusste nichts davon, und es durchfuhr mich wie ein Sommerwind: Nicht liiert, dachte ich und klopfte auf den Tisch.

Noch beachtete mich keiner, und Kimmling fasste nach: Heimanns Hand? Sie möchten bitte entschuldigen, hätten Sie wirklich »seine Hand« gesagt?

Sie sprachen nur zum Richter: Ihr Mandant sei womöglich ein Zwanziger und jedenfalls zu begutachten. Zumal der Herr Staatsanwalt nicht erklären könne, warum Ihr Mandant seine vermeintliche Tötungsabsicht partout nur mit einer Hand

23

anstatt mit beiden hätte ins Werk setzen wollen. Für einen Gewalttäter wäre das doch arg exzentrisch und verspielt. Im Übrigen sei der Haftgrund weit hergeholt. Ihr Mandant habe der Zeugin lediglich erklären wollen, was er auch den Polizeibeamten gesagt habe: Seine Hand sei es gewesen, nicht er.

Der Richter hantierte nervös an seinem Hörgerät. Rückkopplungen kreischten wie bei Jimi Hendrix, ich spielte Gitarre an Heimanns Knopfleiste: *Purple haze, all in my brain* ... Eine Straßenbahn rumpelte vorbei und übertönte das Hörgerät. Mit wulstigen Pranken justierte der Richter seine Ohren auf die Schallquelle. Als ihm das gelungen war, sprach keiner mehr. Er grunzte: Herr Kimmling solle Stellung nehmen.

Ob die Hand vielleicht so nett sein könne, ihre erstaunliche Kunst einmal vorzuführen, fragte Kimmling.

Wie hätte ich noch irgendetwas tun können, Frau Kuhnt? Wie, da Sie so schauten? Mit flehenden Brauen. Sie setzten mich außer Gefecht mit Ihrem Blick, die Knopfleiste war Knopfleiste, das Hemd wieder Hemd, nicht Saiten, nicht Gitarre. Heimann steckte mich in seine Hosentasche.

Schüchtern sei sie wohl, diese Hand, feixte Kimmling. Gerade das Gegenteil dessen, was die geschätzte Rechtsanwältin ihr andichten wolle. Ganz anders als ihr gewaltbereiter Besitzer, der seiner Verteidigerin wohl den sonst so klugen Kopf verdreht habe. Anders lasse sich kaum erklären, welch einen Unsinn sie hier vortrage.

Es war hinreißend, wie Sie sich aufregten, Frau Kuhnt: Man könne nicht auf Knopfdruck ein Symptom abrufen, zu dessen Wesenszügen anscheinend die Unberechenbarkeit seines Auftretens zähle. Die Aufforderung sei paradox.

Kimmling schaute blöde, ich entschlüpfte Heimanns Hosentasche und räkelte mich auf dem Tisch. Bucksteeg sah auf die Uhr. Dann erließ er den Haftbefehl, ordnete eine psychiatrische Begutachtung an und protokollierte alles per Tonband. Gähnte, ging. Vorführung beendet.

Ich wischte Heimann eine Träne aus dem Auge. Er strahlte dabei, und auch Sie lächelten.

Tags darauf brachte man Heimann in die JVA. Auch hier zwitschern Vögel vor dem Fenster, Spatzen und Mauersegler, die Zelle ist schöner als die im Präsidium, das Fenster größer. Eine Pritsche gibt's auch, einen Stuhl, einen Schrank, zudem einen Tisch, montiert an die Wand. Sogar einen eigenen Waschraum mit Klo hat Heimann. Und viel Zeit, sich seinem großen Staunen hinzugeben: Wer schreibt, wer schaut zu?

Den Vorführungstermin hatte er in einem taumelnden Hochgefühl verlassen. Er tänzelte, als wir auf den Präsidiumsflur traten: *You make me wanna get up and scream. Foxy!*

Beinahe hätte ich Sie berührt, *foxy lady*. Aber Heimann hielt mich fest.

6 Ich weiß, es ist unmöglich: Ein erwachsener Mann zitiert aus den Tagebüchern eines halbwüchsigen Mädchens, einer heranreifenden Frau, noch dazu aus der Erinnerung. Man meint, die Erinnerung bewahre das Vergangene, doch fast immer ist das Gegenteil der Fall. Das meiste verändert sie – nach Kriterien, die im Dunkeln bleiben. Aber woraus kann ich schöpfen, wenn nicht aus Dorothees Tagebüchern?

Nach jenem Zwischenfall im Pfarrhaus habe sie Pfarrer Schwegler zwei oder drei Tage lang nicht gesehen, schreibt Dorothee. In Gedanken kuschele sie sich an ihn – Gedanken, die sie überkämen, als dächte sie sie gar nicht selbst. Erst in der Sonntagsmesse sei sie ihm wieder begegnet. Als er aus der Sakristei heraus- und in den Altarraum hereingerauscht gekommen sei, habe ihr Herz so laut geklopft, dass sie befürchtet habe, man könne es hören. Peinlich sei er darauf bedacht gewesen, sie bei der Predigt nicht anzuschauen. Sogar bei der Kommunion habe er ihren Blick gemieden, und die Hostie in seiner Hand habe gezittert. Auch auf der Straße, bei zufälligen Begegnungen, vermeide er jetzt jeden Blickkontakt.

Liebe und Angst scheinen sich in Christian gegenseitig hochgeschaukelt zu haben. Man meint, wenn man Dorothees Aufzeichnungen liest, er habe seine Liebe so lange zurückgehalten, bis er nicht mehr konnte. Es scheinen eine Stauung und eine Art Dammbruch gewesen zu sein, die er in sich herbeigeführt hat, wo sonst eine langsamere Annäherung, ja vielleicht sogar noch ein Abzweig vorher, eine Vermeidung möglich gewesen wäre. So aber, gewinnt man den Eindruck, war das nicht mehr möglich.

Rund eine Woche nach jenem Zwischenfall im Pfarrhaus begegneten sie einander zufällig im Garten des Krankenhauses, in dem Dorothee Schwesternschülerin war. Es war ein trister Tag, nicht regnerisch, aber grau – als sei der Himmel so voll, schreibt Dorothee, dass er seine Wasser kaum noch halten könne. Eine geschlossene Wolkendecke sei über ihren Köpfen dahingeeilt wie ein riesiges Betttuch, an dem jemand ziehe.

Er vermisse sie, habe Christian geklagt. Dass er sie sehen müsse, habe er gesagt, dass er immer an sie denke und bei ihr sein wolle. Immerzu rede er mit ihr. Wenn er allein sei, rede er mit ihr, wenn er denke, denke er nur an sie, alles, was er empfinde, wolle er ihr mitteilen. Wandlung, Predigt, Unterricht, Krankenbesuch – alles, was er tue, tue er für sie.

Nach dem Dunkelwerden stahl sich Dorothee aus dem Haus ihrer Eltern, huschte zum Pfarrhaus, machte dort aber kehrt und lief wieder heim. Als sie erneut vor dem Haus ihrer Eltern gestanden sei, habe sie eine solche Traurigkeit befallen, dass sie zitternd zurückgelaufen sei und an der Pfarrhaustür geklopft habe – die Klingel sei so laut, sie habe befürchtet, dass jemand sie hören könne. So schnell habe Christian ihr aufgemacht, als hätte er schon hinter der Tür gewartet. Kerzen hätten gebrannt, Musik habe gespielt. Ein Hemd habe Christian getragen, mit offenem Kragen und ohne den Pullover, über den sonst immer die Kragenspitzen lugten wie die Flossen eines Pinguins.

Erst im Morgengrauen habe sie sich wieder nach Hause geschlichen, durch stille Straßen und den erwachenden Park, in dem Vögel gesungen hätten, wie sie es nie zuvor gehört habe, vergnügt und voller Verheißung. Zu Hause habe ihr Vater auf der Treppe gestanden. Woher sie jetzt komme, habe er gefragt, aber ihre Antwort nicht abgewartet. Ins Schlafzimmer sei er verschwunden. Bald darauf habe sie ihn schnarchen hören. Sie aber habe kein Auge zugetan, stattdessen nur gelächelt.

Was das für eine Macht sei, fragt sie später in ihrem Tagebuch, diese Liebe, von der alle sprächen, die aus zahllosen Menschen einen einzigen einem erköre und so begehrenswert mache, dass man an anderes kaum denken könne. Ein Sausen sei das, ein Ziehen und Drängen, dem man zunächst widerstehe, das sich zuweilen sogar ablenken lasse, um einen dann nur umso stärker vor sich her zu jagen. Ein leiser Wind, den man genieße, umschmeichle und umgaukele einen zuerst, bis man ihm endlich erliege, und der Sturm sei plötzlich da. Wie ein abgerissener Zweig treibe man hin zu dem einen.

Geniert habe sie sich, als sie einander ausgezogen hätten, und er habe sie beruhigt, er kenne in Gedanken ihren Körper schon lange: Jeden Zentimeter ihrer Haut habe er im Geiste schon berührt. Ihre Bewegungen kenne er, ihre Mienen und Gesten. Jetzt werde wirklich, was in Gedanken längst geschehen sei, in seinen wie in ihren, oder nicht? Da habe sie sich ängstlich ergeben.

Er sei selbst voller Angst gewesen, habe er ihr später gestanden. Er habe ja ein Mädchen nie berührt. Er sei doch mit Christus verheiratet. Wie eine Verteidigung habe das geklungen: Alleingelassen sei er, er bete und bete, doch Jesus sei nicht da. Keine Antworten gebe, keine Zärtlichkeiten schenke er, und seine Liebe sei abstrakt. Er aber, Christian, sei doch konkret und ein Mensch, und ein Mensch brauche Liebe. So habe Gott ihn erschaffen. Das könne doch nicht im Sinne Christi sein: dass man die Liebe, die Gott einem schenke, unterdrücke.

7 Als Dr. Icks kam, kritzelte ich: Zickzack, Wellen, Kreise, Kurven. Heimann sah kaum hoch, als die Tür aufging. Er kam sich vor wie aus Glas.

Icks ignorierte ihn. Weil das seine Psychiatermaske war? Oder weil Heimann sitzen blieb? Ich hielt kurz inne, dann kritzelte ich weiter.

Icks beobachtete mich. Dann ging er zum Fenster, öffnete es und lockerte seine Krawatte. Schweiß stand ihm auf der Stirn. Mit einem Taschentuch wischte er ihn weg. Dann stopfte er das Tuch zurück in die Hosentasche und neigte den

Kopf zur Seite. Lauschte er? Spatzen tschilpten. Mauersegler schrien – nah, fern, laut, leise.

Mauersegler seien das, nicht Schwalben, sagte Icks.

Sieh an, der Herr Psychologe! Ein Hobbyornithologe. Heimann sah stur auf die Tischplatte. Ich kritzelte etwas, das aussah wie ein Sperling mit Ohren.

Viele verwechselten diese Arten, erklärte Icks, dabei seien Mauersegler viel größer als Schwalben und flögen ganz anders, weniger flatterig. Außerdem seien die Gesänge unterschiedlich, hüben Schreie, drüben Gezwitscher, wie könne man das verwechseln?

Heimann tat, als wäre er beschäftigt. Im Augenwinkel sah er, dass Icks ihn fixierte. Dann schaute der Arzt wieder aus dem Fenster. Eine einsame Schwalbe zwitscherte vorbei.

Icks merkte auf: Schwalben hätten sie hier also auch, guck an! Wo die wohl nisteten? Vermutlich in der Nachbarschaft. Nisthilfen gebe es hier nur für Segler und Spatzen.

Kurz unterbrach ich mein Kritzeln. Nistkästen? Hier in der JVA?

Nach dem Umzug aus der Ulmer Höh habe der Direktor die Vögel vermisst, erklärte Icks. Da habe er ihm vorgeschlagen, beide Arten anzusiedeln, und schon im ersten Sommer hätten sie damit begonnen. Nistkästen hätten sie unter den Dachrinnen angebracht und Seglerrufe von CD abgespielt, über die Lautsprecher des Gefängnisses. Ein infernalisches Gezwitscher sei das gewesen. Zunächst erfolglos.

Ein Sperling tschilpte am Fenster. Piep, piep, dachte ich, kritzelte einen zweiten Spatz auf mein Papier und malte beiden Hüte. Dann nahm ich ein neues Werk in Angriff.

Icks erzählte weiter: Im Winter habe die Knastwerkstatt noch mehr Kästen gebaut. Und im zweiten Sommer hätten sie den ersten Teilerfolg verzeichnet: brütende Spatzen! Auch Segler hätten sich der JVA genähert, nicht aber den Kästen.

Klar, dachte ich kritzelnd, weil sie in die lärmenden Lautsprecher flatterten und gehörlos vom Himmel fielen. Aus den Schlupflöchern hätte der Schall kommen müssen, dachte ich. Zeichnete.

Deshalb hätten sie Minilautsprecher besorgt und einzelne Seglerkästen von deren Rückwand her beschallt, erzählte Icks.

Siehste, dachte ich, vollendete mein Kritzelwerk: ein Grammophon mit Vogelnest. Es drehte sich auf einer Schellackplatte, drei Küken rannten im Kreis vor der Grammophonnadel davon.

Das habe den nächsten Erfolg gebracht, freute sich Icks: neugierige Segler an den Einschlupflöchern! Und jetzt, im dritten Sommer?

Ich lauschte gespannt.

Brutpaare beider Arten! Die Beschallung werde zurückgefahren. Zumal sich einzelne Häftlinge über den Zwitscherkrach aus den Lautsprechern beschwert hätten. Und der Knastladen verkaufe inzwischen Nistkästen per Internet.

Icks unterbrach sich, schien zu lauschen. Über dem Fenster sei ein Spatzennest, behauptete er dann.

Auch im Präsidium war ein Spatzennest über dem Zellenfenster gewesen. Vielleicht ist das heutzutage Standard in Justizgebäuden, dachte ich und kritzelte weiter.

Eine Fliege brummte. Den Küken verpasste ich Schirmmützen. Wie Tick, Trick und Track sahen sie aus. Heimann beobachtete die Fliege, die eilig und ziellos die Deckenlampe umkurvte. Dann versuchte er, aus den Augenwinkeln den Psychiater zu beobachten. Wie ein alternder Kranich wirkte der: Auf dünnen Beinen ruhte ein runder Leib, aus dem ein langer Hals ragte. Ein weißer Haarkranz umflorte den Schädel, die Nase überschattete gewölbte Lippen. Das Gesicht war eingefallen, die Augen leuchteten.

Ich versuchte, ein Muster im Flug der Fliege zu erkennen, und begann, ihren Kurs mitzumalen.

Weil ein Vogel singe, entdecke er die Ruhe des Berges, sagte Icks und wandte seinen Kranichkopf zu Heimann.

Ich hielt inne, den Buntstift in der Hand. Die Fliege brummte weiter.

Ein Sprichwort sei das, erklärte Icks: Man könne auch sagen, weil er sterbe, lebe er. Weil er erblinde, sehe er besser. Heimann verstehe schon, was er meine.

Heimann verstand überhaupt nichts. Icks machte ihm Angst. Der Psychiater stierte ihn an wie ein Jagdhund, beobachtete die Tierwelt und redete unzusammenhängend. Weil er selbst krank war?

Krebskrank sei er, sagte der Psychiater. Die Fliege setzte sich an die Zimmerdecke und trottete der Deckenlampe zu.

Vielleicht ein halbes Jahr habe er noch. Die Ärzte wagten keine Prognose mehr.

Er machte eine unbestimmte Geste mit der Hand. Die Fliege stutzte. Dann trottete sie weiter.

Seit er das wisse, lebe er mehr, höre genauer, schmecke schärfer. Weniger entgehe ihm.

Tatsächlich sah er zur Decke. Dort umrundete die Fliege die Lampe jetzt zu Fuß. Zwei Runden zählte Heimann. Dann brummte die Fliege zur Wand.

Icks sah aus dem Fenster: Manchmal bedürfe es eines äußeren Anstoßes, damit endlich geschehe, was schon lange darauf warte.

Im Spatzennest schrien jetzt die Küken. Vor meinem geistigen Auge sah ich ihr Gerangel, das Recken der Hälse, das Sperren der Schlünde, in die die Altvögel stopften: zerknitterte Schnaken, Käfer, Würmer. Wo war die Fliege? Ich sah sie nicht mehr, hörte auch kein Brummen.

Oft sei dieser Anstoß paradox, erklärte Icks: verschwinden, damit man da sei; Gefangenschaft, damit man sich befreie.

Flattern. Stille. Die Spatzenkinder hatten ihr Gerangel beendet. Ich legte den Stift weg und knetete den Radiergummi. Von der Fliege keine Spur. Vielleicht war sie draußen – fortgetragen im Kropf eines Seglers.

Wieder stierte Icks ihn an: Weil er unfrei sei, begebe Heimann sich in Gefangenschaft. Weil er keine Antworten wisse, setze er sich Fragen aus, zuerst der Polizei, dann seiner Anwältin, jetzt eines Psychiaters. Er wolle eine Untersuchung – nicht seiner Straftat, sondern seiner selbst. Sei es nicht so?

Mauersegler rasten vorbei. An den Flügelspitzen rauschte die Sommerluft. Ich betrauerte die Fliege und verschwand unter Heimanns Achsel.

Icks sprach weiter: Das ergebe gewiss einen Sinn. Nur welchen, das könne er nicht allein herausfinden. Ob Heimann ihm dabei helfe.

Heimann gierte nach dem Radiergummi. Ich gab ihn nicht her.

Warum seine Hand das getan habe, fragte Icks.

Ein Buntstift fiel klackernd vom Tisch. Heimann bückte sich, stieß sich den Kopf an der Tischplatte. Weitere Stifte fielen herab. Er sammelte sie ein: Orange, Rot, Gelb. Lila. Dann sah er den grünen. Weit war der gerollt – dem Kranich vor die Schuhe. Die Spitzen waren abgenutzt, ein Lochmuster zierte das braune Oberleder.

Heimann richtete sich auf. Der Kranich reichte ihm den grünen Stift. Schnell griff ich zu, doch der Vogel ließ nicht los.

Ob sie Streit gehabt hätten, fragte Icks.

Finger an Finger, hielten wir den Stift – Heimann im Sitzen, Icks im Stehen. Ich zählte die Knöpfe an dessen Weste, von oben, von unten, kam jeweils auf fünf.

Icks ließ nicht locker: Man streite sich ja mal. Ob sie das an dem Tag getan hätten.

Nicht direkt, murmelte Heimann.

Ich zog an dem Stift, aber Icks gab ihn nicht frei. Eine Hummel bumste von draußen an die Scheibe. Dann verschluckte sie der Himmel.

Sie hätten also nur ein bisschen Streit gehabt, kam Icks ihm entgegen.

Immer mal wieder hätte es Streit gegeben, gestand Heimann.

Worüber?

Über ihren Mann.

Warum?

Sie habe sich geweigert, ihn zu verlassen, erklärte Heimann. Kalt und unzugänglich sei sie gewesen, nach jedem Wochenende mit dem. Immer habe er sie zurücklieben, sie auftauen müssen.

Wann hatte Icks den Stift losgelassen? Heimann nahm ihn mir ab. Er sortierte die Stifte nach Größe.

Ob sie auch diesmal darüber gestritten hätten, fragte Icks.

Ich kitzelte Heimann unter der Achsel. Er steckte mich in die Hosentasche: Maria habe plötzlich ein Kind gewollt.

Und er nicht?

Heimann schüttelte den Kopf. Krachend hieb ich auf die Tischplatte. Wieder rollte ein Stift vom Tisch – diesmal Pink.

Icks schnappte ihn im Fallen und gab ihn Heimann. Der legte ihn mir auf den Tisch.

Es sei doch verrückt, sagte Heimann. Sie lebe bei ihrem Mann, da wolle sie ein Kind von ihm. Sie wolle doch nur ablenken, habe er gesagt, von ihrer Unfähigkeit, ihren Mann zu verlassen.

Was sie dazu gesagt habe, fragte Icks.

Dass alles anders würde, wenn sie eine Familie wären, dann wäre das Versteckspiel vorbei.

Etwas brummte. Die Fliege! Sie gondelte durch die Zelle. Ich sortierte die Stifte von hell nach dunkel. Die Fliege setzte sich an die Wand.

Welches Versteckspiel, fragte Icks.

Niemand habe wissen dürfen, dass sie ein Paar seien, murmelte Heimann. Alles habe geheim sein müssen.

Wieder zischten Mauersegler vorbei. Die Sonne jagte ihre Schatten durch die Zelle. Nervös lief die Fliege an der Wand auf und ab. Warf sich mutig in die Stubenluft. Brummte auf die Stifte zu, landete auf Schwarz, stakste auf Braun, blieb auf Gelb hocken. Ich bezweifelte die Stimmigkeit meiner Farbanordnung, wollte aber die Fliege nicht stören. Die tätschelte Gelb mit dem Rüssel.

Icks fragte, ob es nicht gewagt gewesen sei, am helllichten Tag bei Maria aufzukreuzen.

Heimann nickte.

Warum er das gemacht habe.

Weil er mit ihr habe reden müssen. Sie sei schwanger von ihm, habe sie im Park gesagt. Dann sei sie weggelaufen.

Die Fliege putzte sich den Kopf. Hüpfte, flog, landete auf Lila, lief wieder zu Gelb. Rieb ihre Hinterbeine aneinander.

Ich überlegte, was geschähe, wenn ich überraschend Gelb von Pink löste.

Er habe mit ihr reden müssen. Es gehe doch nicht, dass einfach ein Kind komme.

Er kaute auf seiner Unterlippe. Ich ließ ab von meinen Plänen, schob den Radiergummi zur Fliege. Die unterbrach ihr Putzen, duckte sich, glotzte.

Icks strauchelte, hielt sich am Fensterbrett fest. Das sei ihm ein Graus?

Endlich wurde Heimann laut: Natürlich habe er sich gefragt, warum die Hand das gemacht habe! Seine eigene Hand!

Die Fliege floh zu Icks. Geduckt hockte sie auf dessen Ohrmuschel. Beide beobachteten sie Heimann. Der zerbiss seine Unterlippe.

Der Griff nach Maria sei also, folgerte Icks, bedeutungsvoller gewesen als, zum Beispiel, der Griff nach den Buntstiften?

Heimann nickte.

Was er selbst denn meine, was der Griff nach ihr bedeute.

Dass sich alles wiederhole, flüsterte Heimann, und seine Lippen schmeckten salzig. Wie sein Vater sei er und ekele sich an. Er wolle alles wieder gutmachen. Er wolle sich bei ihm entschuldigen.

Die Abendsonne strahlte auf, leuchtete tief in die Zelle und verschwand hinter einer Wolke.

Die Fliege verkroch sich in Icks' dünnem Haar.

Wofür entschuldigen, fragte Icks.

Dafür, dass er da sei, flüsterte Heimann.

8 Christian, Christian, Christian – sie kennt kein anderes Wort mehr. Es beginnt eine Zeit, wie sie schöner nicht hätte sein können, glaubt man ihren Notizen. Von seinen Ängsten zunächst keine Spur mehr, Konflikte kommen nicht vor, stattdessen erneut Beschreibungen seines Körpers, seiner Stimme, seines Gangs, überhaupt seiner Bewegungen, manchmal auch nur sein Name, in Schönschrift, umrandet von Blumen. Zeichnen kann sie gut. Einmal sehen wir sein Gesicht, hingeworfen in wenigen Strichen. Ein dunkles Licht brennt da in seinen Augen. Heimann hat lange hingestarrt, als er die Tagebücher las, und seinen Vater kaum erkannt: Als Mann hatte Dorothee ihn gezeichnet, nicht als Vater.

Jede Stunde mit ihm sei schön, jede Minute kostbar, weil sie so wenig Zeit füreinander hätten – sie in der Ausbildung in der Stadt, er ein vielbeschäftigter Dorfpfarrer. Auch wenn sie nicht beisammen waren, hat sie ihre Zeit vor allem ihm gewidmet, scheint es, die Stunden und Tage des Wartens und der Sehnsucht, an denen sie in Gedanken immer bei ihm sei, schreibt sie, sogar während der Arbeit im Krankenhaus, die sie doch so gerne tue.

Christian muss sie auf Händen getragen haben, wenn sie bei ihm war. Er koche sogar und nicht einmal schlecht, schreibt sie. Woher er das könne, habe sie ihn gefragt, und er habe gesagt, seine Haushälterin sei doch vor Jahren gestorben. Seitdem versorge er sich selbst. Auch habe die gute Frau ihm vieles beigebracht, gemeinsam gekocht hätten sie. Natürlich könne er sich auch einladen lassen, viele Frauen im Dorf würden ihn gerne bekochen, wenn er sie ließe. Dürfte aber die eine für ihn kochen, müsste bald auch die andere dürfen und immer so weiter, sonst stiftete das Unfrieden. Er aber genieße die Zeit, die er für sich allein habe.

Nun sei er ja aber fast gar nicht mehr alleine, habe Dorothee da bemerkt, und Christian habe gestutzt. Ihretwegen, habe sie erklärt, und da habe er so komisch geguckt, schreibt sie, dass sie nicht gewusst habe, was er nun denke. Aber er habe sie in den Arm genommen und gesagt, mit ihr sei das doch etwas anderes, und ein Regen wie aus Sternen habe ihren Bauch warm durchrieselt. Wenn er ihrer nur nicht überdrüssig werde! Sie wolle ihm nicht zur Last fallen.

Von solchen kleineren Irritationen abgesehen, scheint die erste Zeit sorglos gewesen zu sein. Zum ersten Mal seit ihrer Kindheit fühle sie sich wieder zu Hause, schreibt Dorothee, wie von weither gereist und als wäre sie eigentlich jetzt erst sie selbst. Ihr Lachen kehre zurück, sie wisse nicht woher, sie habe gar nicht bemerkt gehabt, dass es verschwunden war. Nun aber denke sie: So also fühle es sich an, zu leben.

Das Versteckspiel, das mit ihrer Liebe einherging, scheint sie zunächst nicht belastet zu haben. Auch hieran sieht man, wie wenig sie ahnte, worauf sie sich einließ. Alle denkbaren Sorgen, alle Gedanken an die zwangsläufigen Probleme dieser Verbindung werden in ihrem Tagebuch lange überdeckt von der Verliebtheit, vom Vertrauen in ihn und vom Glauben an Gott. Vielleicht war ihr das Verstecken wie ein Abenteuer, das alles noch aufregender machte. Aber das ist nur eine Mutmaßung von mir, Dorothee erzählt davon nichts, beschreibt nur ihre verwinkelten Wege, ihr Anschleichen ans Pfarrhaus nachts, später auch am Tag.

Die letzten Meter seien die schwierigsten, schreibt sie: Wer immer sie dann beobachte, sehe sie in sein Haus gehen und stelle vielleicht Fragen. Auf den letzten Metern entscheide sich alles – wenn sie seinem Haus sich nähere, vor der Tür stehe, über die Schwelle trete. Hier dürfe sie nicht gesehen

37

werden oder müsse, sähe man sie doch, eine Legende parat haben, die verständlich mache, was sie im Pfarrhaus so spät noch wolle. Auch könne sie jemand zwar sehen, aber im Verborgenen bleiben. Erst Wochen später könnte dieser sie ansprechen, dessen Verdacht sich dann erhärtet haben würde, weil er schon öfter gesehen hätte, wie sie ins Pfarrhaus gegangen und wieder herausgekommen sei, nach Stunden vielleicht oder erst am nächsten Morgen. Auf dem Weg zu Christian versuche sie deshalb, möglichst unauffällig zu gehen, aber sie wisse nicht, wie man das mache. In Filmen würden die Leute ein Lied pfeifen, wenn sie unauffällig sein wollten, sie aber pfeife nie, und tue sie es jetzt plötzlich, so sei das noch auffälliger, außerdem könne sie nicht pfeifen, bringe kaum einen Ton heraus. Je öfter sie darüber nachdenke, wie sie gehen solle, desto unnatürlicher komme sie sich vor, und plötzlich wisse sie nicht mehr, wie man gehe. Am liebsten bliebe sie dann stehen, mitten auf dem Weg, aber das wäre freilich noch verdächtiger.

Seit Wochen gehe das so, niemand stelle Fragen. Immer denke sie, alle wüssten Bescheid, aber komme sie in den Laden, sei alles wie immer. Auch auf dem Markt oder vor der Kirche rede niemand sie anders an als sonst, keiner schaue komisch, keiner sage etwas Merkwürdiges, und wo es ihr doch einmal so vorkomme, sei es wahrscheinlich bloß ihre Angst, die sie dazu bringe, die Flöhe husten zu hören. Manchmal glaube sie auch, man habe sie längst durchschaut und alle schwiegen bloß diskret. Zeige das nicht, wie wohlgesonnen das Dorf ihnen sei? Vielleicht beobachte man gar mit Wohlwollen, was den Herrn Pfarrer und die Dorothee zusammengeführt habe: die himmlische Allmacht der Liebe, die in die Schicksale der Menschen eingreife, weil sie nicht wolle, dass jemand allein sei. Dann wieder scheint ihr schlagartig klar zu werden, dass diese Idee ein gefährlicher Wunschtraum ist: Christian habe ihr von einem Kollegen erzählt, der seine Geliebte habe verleugnen müssen, damit Ruhe in die Gemeinde zurückkehrte; aber erst als er versetzt worden sei, sei auch sein Bischof endlich zufrieden gewesen.

Sie könne nicht glauben, dass die Menschen so missgünstig seien. Aber die Angst, die Christian zermürbe, die stecke auch sie an. Sie beginne sich umzudrehen, wenn sie zum Christian gehe, was sie verdächtig mache, sie wisse das. Ertappe sie sich dabei, zucke sie deshalb zusammen und beschleunige ihre Schritte, nur um sich dann zu zwingen, wieder langsamer zu gehen, da auch das plötzlich schnelle Gehen auffällig sei. So komme sie völlig aus dem Tritt und, fest überzeugt, man beobachte sie schon, gehe sie am Pfarrhaus vorbei, drücke sich dann irgendwo herum und wage erst später einen neuerlichen Anlauf.

Auch dies sei übrigens seltsam: Ihre Angst gelte Menschen, die gar nicht da seien, Ausgeburten ihrer Einbildung. Doch trete wirklich jemand vor sie hin und rede sie an, frage danach, wohin sie gehe, falle die Angst von ihr ab, und alles sei natürlich. So sehr glaube sie selbst ihre Lügen, dass sie wahrscheinlich lachen müsste, sagte ihr einer ins Gesicht, sie habe eine Liebschaft mit dem Pfarrer.

Christian dürfe sie derlei nicht erzählen, der sei eh schon zu nervös. Manchmal, wenn sie zu ihm komme, sei er vom Türspion und den Fenstern gar nicht wegzukriegen. Welchen Weg sie gekommen sei, frage er dann flüsternd, und was sie ihren Eltern gesagt und ob jemand sie gesehen habe. Dabei könne sie doch nicht wissen, ob jemand sie gesehen habe, aber das traue sie sich nicht zu sagen.

Ob es denn wirklich so schlimm sei, wenn jemand von ihrer Liebe erfahre, habe sie ihn neulich gefragt, und er habe sie angeblafft: Sie sei ein dummes Kind und habe keine Ahnung, begreife ihre Lage nicht. Später habe er sich bei ihr entschuldigt. Von Reue habe er gesprochen und von seinem schlechten Gewissen. Es sei ja nicht nur die Angst vor dem Entdecktwerden, die ihn plage. Sein ganzes Leben verleugne er um ihretwillen, seine Bestimmung und Berufung. Immer habe er Priester sein wollen. Gelobt habe er, keusch zu sein, sich Gott allein zu weihen. Dann sei sie gekommen, und alles sei anders. Jetzt habe er das Gefühl, sich all die Jahre etwas vorgemacht zu haben. Dann wieder denke er, er mache sich jetzt etwas vor, und am Ende wisse er nicht mehr, wer er sei und was er wolle. Gewiss aber sei: Nur der sei Gott nahe, der dem Körper entsage.

Aber er liebe sie doch, habe sie da gerufen. Er wolle doch mit ihr beisammen sein, das habe er doch gesagt: dass er die Einsamkeit nicht mehr aushalte. Gelte das denn nicht mehr?

Aber gewiss liebe er sie, habe er beteuert, mit feuchten Augen, und geweint hätten sie und einander gestreichelt. So nahe seien sie einander gekommen, dass alle Welt um sie versunken sei, wunderschön sei das gewesen, viel schöner als beim ersten Mal. Das erste Mal sei überhaupt nicht schön gewesen, es habe wehgetan, er wisse das nicht. Er habe so selig geschlummert gleich danach und im Schlaf gelächelt, und sie habe Schmerzen gehabt und sich gefragt, was geschehe mit den Laken, was geschehe mit den Decken, und ob sie nicht aufspringen und alles schnell sauber machen müsse, das Laken, die Decken und sich selbst. Dass sie aber nicht gewusst habe, wie sie hätte aufstehen können, ohne ihn zu wecken, schreibt sie.

Ganz langsam habe sie ihren Arm und ihr Bein unter seinem schlafenden Körper hervorgezogen, er sei auf den Rücken gerollt und habe zu schnarchen begonnen, während sie ins Bad geschlichen sei, und da habe sie gespürt, wie sie ausgelaufen sei. Er sei aus ihr herausgelaufen wie Wasser, schreibt sie, und sie habe sich plötzlich geekelt vor sich selbst und vor ihm. Wo er gewesen sei, habe es wehgetan, und sie habe sich gewundert, was alle für einen Tanz um all das machten, es sei schmutzig und schmerzhaft.

Mit Scham und Schaudern hat Heimann das gelesen – in einer mehrtägigen Lesewut, beginnend an jenem Abend im Internat, als er die Bücher erstmals in Händen hielt. Am schlimmsten fand er die Liebesschwüre, die Intimitäten und alles, was verriet, dass seine Eltern auch einmal jung gewesen waren.

Das Internat war ein kirchliches Pädagogium, der Direktor ein Pater. Am nächsten Tag wollte Heimann abreisen, um in Würzburg seinen Zivildienst zu leisten. Zum Abschiedsgespräch saß er bei Pater Taddäus. Der Pater lächelte. Wie es ihm gehe, was er nun vorhabe – bald war alles gesagt. Das Gespräch verebbte, aber die Augen des Paters funkelten wie bei der Übergabe schlechter Zeugnisse. Etwas hing in der Luft. Heimann spürte, dass noch etwas kam.

Was noch kam, waren die Tagebücher seiner Mutter. Pater Taddäus hatte sie in Verwahrung genommen, nachdem auch Dorothees Eltern gestorben waren. So hatten diese es bestimmt. Nun sollte Heimann sie haben. Der Stapel lag schon auf dem Tisch. Pater Taddäus zog ihn heran, als Heimann aufstehen und sich verabschieden wollte. Taddäus' letzte Frage war gewesen, ob Heimann denn wisse, wo er hinwolle, worauf Heimann bloß genickt hatte, nicht verstehend, worauf der Pater hinaus wollte. Die Frage hatte er schließlich schon beantwortet.

Heimann verstehe ihn nicht recht, hatte Taddäus da gesagt, als hätte er Heimanns Gedanken gelesen: Ob er denn wisse, wer er sei? Klar, hatte Heimann erwidert, aber zu spät und nur leise, und der Pater nahm die Kladden zur Hand. Um zu wissen, wo man hinwolle, sagte er, müsse man wissen, wer man sei. Und um zu wissen, wer man sei, müsse man wissen, wo man herkomme. Zu viele Menschen begännen erst danach zu fragen, wenn keiner mehr da sei, der antworten könne. Auch Heimann könne seine Mutter nichts mehr fragen. Sie habe aber viel geschrieben. Und er schob ihm den Stapel zu.

Heimann schwieg, und der Pater sagte, je mehr man verstehe, desto weniger verurteile man. Ich weiß nicht, wen er damit meinte. Vielleicht kannte er Heimanns Vater. Sie könnten sich im Priesterseminar begegnet sein, sie waren ungefähr gleich alt. Das sagt überhaupt nichts, ich weiß. Aber sein Blick sagte etwas, als er Heimann die Tagebücher zuschob.

Heimann las die ganze Nacht. Auch während der Zugfahrt am nächsten Tag las er. Mehrmals schlief er ein und träumte. Pater Taddäus, die Mutter und der Vater, alles flog in diesen Träumen durcheinander. Nach Zeugnissen der Liebe suchte Heimann, die seine Eltern füreinander empfunden haben mussten, hoffend, sie wären so stark, dass sie jeden Verdacht widerlegten. Als der Zug Würzburg erreichte, hatte er die Liebesschwüre hinter sich gelassen. Von anderem war jetzt die Rede: Unpässlichkeiten und Frauenleiden, die ihn nicht sonderlich interessierten – bis er begriff, worum es da ging. Von Dingen war die Rede, denen seine Mutter keine besondere Bedeutung beizumessen sich bemühte. Heute habe sie wieder erbrochen, heißt es einmal, sie fühle sich, als ob in ihr etwas sei, das nicht wolle, dass sie esse. Es werde vorübergehen, schreibt sie, und dass es auch am Wachstum liegen könne. Da war sie neunzehn und sicherlich ausgewachsen.

Tatsächlich ging das Erbrechen bald vorüber, und an die Stelle seiner Erwähnung tritt im Tagebuch eine Frage, die Dorothee sich nicht beantworten konnte und auf die lange kein Eintrag mehr folgt: wie sie Christian sagen solle, dass er Vater werde.

9 Hitze stand in der Zelle. Die Nacht zog in den Himmel wie Tinte. Ein Gewitter wollte heraufziehen, schaffte es aber nicht.

Heimann schnäuzte sich, starrte in die Dunkelheit. Wo war Icks? In der Wand war ein Klopfen. Morste da jemand?

Dass er da sei, murmelte Icks.

Verstohlen sah Heimann sich um. Wovon sprach der Psychiater?

Ein Nachtvogel schrie, ich weiß nicht, welcher. Icks sagte es nicht. Er reagierte nicht mehr auf die Laute der Vogelwelt. Er kauerte auf Heimanns Bett. Die Ellenbogen auf die Knie gestützt, schien der Arzt mit sich selbst zu sprechen.

Dafür, dass er da sei, murmelte er.

Der Klopfer fand keinen Rhythmus. Mal hämmerten Knöchel Stakkato, dann stapften sie ziellos umher. Er schien auf der Stelle zu treten, wagte ein Tänzeln, hüpfte, blieb stehen – auf einem Bein, auf zweien?

Bei ihm selbst sei es umgekehrt, sagte Icks: Nicht dafür, da zu sein, wolle er sich entschuldigen, sondern dafür, immer fortgewesen zu sein. Ein Fortsein sei sein Leben gewesen, kein Dasein. Ein Fortsein von sich selbst und dadurch auch von anderen. Dafür wolle er sich entschuldigen – bei seinen Frauen, seinen Kindern.

Ich traute Heimanns Ohren nicht: Sein Gutachter monologisierte. Über sich selbst. War das ein hinterrücker Plan? Ein abgefeimter Psychiatertrick?

Jetzt erst sei er da, murmelte Icks, jetzt, wo er bald gar nicht mehr sein werde.

Der Klopfer morste SOS.

Manchmal packe ihn Todesangst, gestand der Arzt. Sie schüttele ihn durch.

Tapfer wiederholte der Klopfer seine Bitte, ich zählte nicht mit, wie oft.

Welch eine Kraft habe er früher vergeudet, um keine Angst zu haben, sagte Icks. Dabei habe sie nur seine Zuwendung gewollt. Bekomme sie die, sei es gut und sie gehe.

Ein Flugzeug zog einen weißen Strich in den Abendhimmel. Die Sonne, offiziell untergegangen, beglänzte ihn. Dort oben war noch Tag.

Er könne sich gar nicht mehr vorstellen, beteuerte Icks, wie er ohne die Angst gewesen sei.

Mir war diese Entblößung unangenehm.

Seine Frau habe er verlassen, nachdem sie die beiden Kinder bekommen habe. Vor Kindergeschrei habe er keinen Gedanken mehr fassen können.

Der Klopfer kannte nur einen Gedanken. Beharrlich trug er ihn vor.

Das sei ihm so wichtig gewesen. Er habe erst alles verstehen wollen – dann leben. Bevor man ein Gerät in Betrieb nehme, lese man ja auch erst die Bedienungsanleitung.

Heimann strich sich die Haare aus der Stirn. Ich schob sie wieder zurück.

Zum Dasein sei aber Denken nicht der Schlüssel. Einmal in Dienst genommen, ließen Gedanken sich nicht so leicht vom Hof jagen. Unbeschäftigt langweilten sie sich, beschwatzten uns sinnlos und machten uns nervös.

Heimanns Magen knurrte. Wo blieb der Schließer? Längst hätte es Abendessen geben müssen.

Nachgedacht habe er oft nur noch, um Herr seines Denkens, nicht dessen Opfer zu sein. Aber was er denkend habe ergreifen wollen, sei ihm wie Sand durch die Finger gerieselt. Lernend sei er unwissend geworden, begreifend fassungslos.

Dreimal hupte ein Auto. Der Klopfer hielt inne. Dann kopierte er den Rhythmus.

Seiner Lebensgefährtin sei er davongelaufen, nachdem sie schwanger geworden sei. Geschlagen habe er sie.

Der Klopfer spielte Auto. Von flatternden Lippen drang Motorbrummen. Wir hörten es durchs offene Fenster.

Hingefallen sei sie von der Wucht seines Schlags. Keinen Mucks habe sie gemacht, nur angestarrt habe sie ihn. Nicht einmal Abscheu habe in ihren Augen gelegen, nur Trauer und – Verständnis, ja! Das sei das Schlimme gewesen: dass sie ihn verstanden habe in diesem Moment. Das habe sie so viel stärker gemacht als ihn.

Der Lippenmotor fiel aus, als der Klopfer Luft holte. Dann schaltete er weiter hoch – bis in den fünften Gang.

Er habe keine weiteren Kinder gewollt. Er habe sich ganz seiner Wissenschaft widmen und endlich für sich sein wollen.

Der Klopfer beschleunigte, der Lippenmotor heulte. Dann bremste er quietschend und trommelte mit den Fäusten an die Wand.

Welch ein Irrsinn! Niemand sei für sich. Und worum gehe es denn in seiner Wissenschaft? Um Menschen doch! Sein Fach kenne er, aber die Menschen? Sich selbst?

Wie eine Hundepfote schlug ich Heimanns Ohrmuschel. Er beachtete mich nicht.

Abgelenkt habe ihn die Psychologie von der Seele, das Denken vom Dasein, die Eitelkeit von sich.

Erneut schund der Klopfer seine Knöchel. Ich vergaß Heimanns Ohrmuschel und lauschte.

Bei der Arbeit habe er an die Kinder gedacht, bei den Kindern ans Einkaufen, bei den Frauen an die Arbeit, beim Sex ans Lesen, beim Lesen an Sex.

Ein Rhythmus!

Von der Wirklichkeit habe ihn Unwirkliches ferngehalten – Gedanken, immer nur Gedanken!

Ein Marschrhythmus.

So seien wir alle. Sprächen wir mit jemand und der höre nicht zu, seien wir gekränkt – und trieben es doch mit uns selbst nicht besser.

Radetzky-Marsch?

Kaum gäben wir acht. Stattdessen sollten uns andere beachten.

Bayerischer Defiliermarsch?

Immer habe sich alles um ihn drehen müssen. Habe man ihn aber erkannt, sei er weggelaufen.

Jedenfalls ein Marsch!

Nun kehre er zurück wie ein alter Hans im Glück: Was er erstrebt und gewonnen habe, sei nur Zerstreuung gewesen. Was er gesucht habe, sei immer dagewesen.

Ich glaubte Icks kein Wort. Er belog sich mit dieser Sonntagsrede.

Jetzt schätze er, dass sich nichts mehr um ihn drehe. Und dass er sich hingeben müsse.

Ich gab mich dem Rhythmus hin, klopfte den Marsch auf der Tischplatte mit.

Auch Heimann müsse sich anvertrauen. Wie andere vor dem Tod fürchte er sich vor dem Leben.

Die Sonntagsrede lief plötzlich auf Heimann zu. Er steckte mich in die Hosentasche.

Der Name des Marschs! Er lag Heimann auf der Zunge.

Heimann existiere bloß, wolle sich sogar dafür entschuldigen. Warum eigentlich, das habe er nicht verstanden.

Heimann erschrak, als es donnerte. Flackernd ging das Zellenlicht an, der Klopfmarsch verstummte. Die Haare zerzaust, stand der Schließer in der Tür. Verschlafen sah er aus, zeigte auf seine Armbanduhr. Mit einer Geste bat Icks ihn zu gehen.

Der Schließer verschwand, das Licht ließ er brennen. Heimann kniff die Lider zusammen. Als er sie wieder öffnete, war Icks an ihn herangerückt. Aus bronzenen Augen starrte er ihn an.

Heimann studierte die Wand. Hie und da war der Putz abgeplatzt. Dann hörten wir eine zweite Stimme – Heimanns eigene: Sein Vater sei auch immer weggewesen – innerlich, meine er. Priester sei der. Niemand habe wissen dürfen, dass er sein Vater sei. Nur ihm hätten seine Eltern die Wahrheit gesagt. Und ihm verboten, darüber zu sprechen.

Ein paar Regentropfen spielten Xylophon auf dem Fenstersims, zögerlich wie Fragen. Dann rauschte der Regen, als sei er die Antwort.

Er habe das Leben seiner Eltern zerstört, murmelte Heimann: Das habe ihn sein Vater immer spüren lassen. In ständiger Angst hätten sie seinetwegen gelebt: Angst vor Entdeckung, Angst vor Zerstörung – der Familie, des Lebens, des Glaubens.

Die Fliege war zurück, umflog den Schädel des Psychiaters. Vielleicht hatte sie geschlafen, und der Donner hatte sie geweckt. Sie landete auf Icks' Stirn, er hob seine buschigen Brauen, sie duckte sich und schaute. Unsicher stakste sie über die Falten, strebte zum Nasenrücken, fand keinen Weg, die Brauen waren zusammengewachsen. Kehrt machte sie, umrundete die Braue an deren östlichem Ende. Wandte sich gen Westen. Auf Lachfalten sitzend, sah sie Icks ins Auge. Ein Lidschlag vertrieb sie.

Mit ihrem Leben habe seine Mutter bezahlt, als ein zweites Kind unterwegs gewesen sei, berichtete Heimann.

Der Klopfer nahm seinen Marsch wieder auf. Auch der Psychiater schien ihm jetzt zu lauschen, er klopfte zaghaft mit den Fingern. Dann wies er zur Wand: »Freut euch des Lebens« sei das!

Der Arzt hatte Recht. Ich äffte seine Geste nach. Heimann fing mich ein.

Die Hand hätte also getan, resümierte Icks, was Heimann insgeheim selbst habe tun wollen?

Und was sein Vater tatsächlich getan hatte? Heimann wollte das nicht denken. Er zuckte mit den Schultern, ich schnappte nach der Fliege, verfehlte sie knapp, und er schrie auf mich ein: Ich solle endlich damit aufhören!

Seit wann das mit der Hand sei, fragte Icks. Wieder landete die Fliege auf seinem Kopf und starrte Heimann an.

Seitdem, sagte Heimann.

Habe er noch andere Symptome gehabt?

Nicht sprechen habe er können. Komisch sei ihm gewesen, flimmrig vor den Augen.

Icks nickte. Ein Radiologe müsse Heimann untersuchen, er werde den Staatsanwalt informieren.

Sie saßen stumm. Ab und zu sah Icks zur Deckenlampe, wo die Fliege nicht mehr war. Auch nebenan war jetzt Ruhe, und bald erschien der Schließer. Er sah jetzt ordnungsgemäßer aus, die Haare waren gekämmt, und er wirkte halbwegs wach.

Auf dem Flur schien das Licht ausgefallen zu sein. Icks trat in die Dunkelheit. Die Fliege nutzte die Gelegenheit zum Ausbruch. Auf Icks' Hinterkopf sitzend, verließ sie mit ihm die Zelle.

Der Regen ließ nach. Fallrohre gurgelten. Ich klopfte an die Wand.

Es kam keine Antwort mehr.

10

Eine Abtreibung war undenkbar, jedenfalls für sie, so wie es undenkbar gewesen war, Kondome zu benutzen, auch wenn Dorothee daran manchmal gedacht habe, schreibt sie. Unglaublich, aber sie hätten darüber nie gesprochen: dass ein Kind kommen könne. Sie hätten sich selbst wie Kinder benommen, darauf vertrauend, dass nichts geschehe, und heimlich gehofft, es geschehe etwas.

Tatsächlich sei lange nichts passiert. Das habe sie leichtsinnig werden lassen. Sie habe immer seltener und schließlich fast gar nicht mehr daran gedacht, wann sie empfänglich sei, wann nicht. Christian frage ohnehin nie danach, weil das Thema ihm Angst mache und weil seine Liebe, glaube sie, ihn an solchen Gedanken hindere. Das müsse man verstehen, schreibt sie etwas altklug: dass Männer halt so seien.

Wenn er sie anfasse, sei er wie ausgewechselt, ein anderer Mensch fast, maschinenhaft, und er bemächtige sich ihrer wie in großer Not. So jedenfalls stelle sie sich vor, wie ihm geschehe, wenn er sie so anschaue, dass ein derart wohliges Kribbeln sie durchlaufe, und da habe ein Kind wohl kommen müssen. Aber aus Liebe komme es und darum sei es Gottes Wille.

Auf diese Weise scheint sie sich Mut zugesprochen zu haben in der Zeit, in der Christian noch nichts von ihrer Schwangerschaft wusste, mit diesen religiösen, ein bisschen pathetischen Formeln. Wann sie ihren Zustand selbst bemerkt hat, ist mir nicht klar, der Moment der Erkenntnis findet sich nicht in ihrem Tagebuch, vielleicht waren es viele Momente. Jedenfalls glaube ich, dass zwischen dem Selbsteingeständnis und dem ersten Eintrag in ihr Tagebuch, dass sie schwanger sei, noch einmal Zeit vergangen ist. Anders kann ich mir die Gefasstheit nicht erklären, die diesen ersten Eintrag kennzeichnet.

Ein Kind kündige sich an, schreibt sie da, und dass diese Gewissheit sie einmal mit Angst, dann wieder mit Seligkeit erfülle, solange sie nicht daran denke, dass der Vater des Kindes kein Vater sein dürfe. Doch sei sie überzeugt, Christian werde sich bekennen, denn seine Sehnsucht sei so groß: nach einem normalen Leben, einer glücklichen Familie. Dass sie fortgehen könnten, schreibt sie, in eine andere Gemeinde, es müsse ja nicht weit sein. Ein evangelischer Pfarrer könne er werden, die dürften Kinder haben, und wenn das nicht klappe, vielleicht einfach Lehrer. Religion könne er allemal unterrichten, im Grunde auch Deutsch, Latein oder Englisch, in allem kenne er sich aus.

Sie selbst sei wohl in der Lage, einen Haushalt zu führen. Zwanzig und mehr Kranke versorge sie jeden Tag, wasche sie, mache ihre Betten, bringe ihnen das Essen. Sie werde auch ein Kind erziehen können – einen Jungen, einen kleinen Christian. Heißen solle er anders, aber wie sein Vater werde er sein, das wisse sie schon jetzt: klug und hübsch und liebevoll. Zu dritt würden sie die Familie sein, in der sie selbst habe aufwachsen wollen: eine Familie, in der keiner zu lügen brauche, weil alle einander verstünden.

Dann wieder schreibt sie, dass Angst in ihr aufsteige wie ein Gespenst. Schlagartig werde ihr dann klar, dass alles unmöglich sei, ihr Träumen naiv, nie ließe die Kirche ihn gehen. Sie selbst, Dorothee, richte ihn zugrunde mit ihren Träumen, zerstöre sein Leben. Weggehen solle sie, um ihn nicht mit dieser verbotenen Frucht zu belasten. Aber sie wisse nicht, wie sie das anstellen solle, und ihre Tränen seien dann nicht mehr zu halten. Einem einstürzenden Haus gleiche in solchen Stunden ihr Zimmer im Schwesternwohnheim, und alles werde ihr zu eng. Gestern sei wieder so ein Tag gewesen, hinausgelaufen sei sie auf die Straße, nicht wissend, wieso und wohin. Aber ihre Füße hätten es gewusst und sie zum Bahnhof und in ihr Dorf geführt, zum Haus ihrer Eltern, vor dem sie dann gestanden und sich umgeschaut habe, ob jemand sie sehe. Aber hineingegangen sei sie nicht, sondern weitergelaufen, wie ohne Bewusstsein, und endlich vor dem Pfarrhaus angelangt. Wie sie dahingekommen sei, welchen Weg sie genommen habe – sie wisse es nicht mehr. Gewusst habe sie nur, sie werde es ihm sagen.

An die Leute habe sie überhaupt nicht mehr gedacht, nur an das Kind, das in ihr wachse. Und an Christian habe sie denken müssen und daran, wie er sich freuen würde: wenn sie hereinkäme, ihren Schal ablegte, den Mantel, den Pullover, in denen Kälte und Wind sich gefangen hätten, und ihre

Bluse, unter der dann ihr warmer Körper hervorkäme, *dein Körper, der mir ein Zuhause ist*. Ein Zuhause wolle sie ihm sein, ein Zuhause sei er ihr.

Er habe gleich gespürt, dass etwas war, als er sie eingelassen habe. Das bewundere sie so an ihm: seine Empfindsamkeit. Halb sorgenvoll, halb freudig habe er sie angesehen. Bei der Hand habe sie ihn genommen, ihn in den Ohrensessel platziert und sich auf seinen Schoß gesetzt. Sein Haar habe sie gestreichelt, in dem ihr zum ersten Mal eine lichte Stelle aufgefallen sei, am oberen Hinterkopf.

Gelächelt habe er und sich anscheinend überzeugt, dass es Schönes sei, das sie bewege. Geglaubt habe er, sie wolle mit ihm schlafen, und als er ihre Brust berührt habe, habe auch sie die Begierde gepackt, die Lust, ihn bei sich zu haben, jetzt, wo er die ganze Zeit in ihr sei, ohne es zu wissen. Aber gespürt habe sie, sie müsse es ihm sagen, und so habe sie seine Hand von ihrer Brust genommen, ihn geküsst und sich ihm offenbart.

Nie werde sie diesen Moment vergessen, in dem die Zeit stehengeblieben und ihr Herzklopfen so laut geworden sei, vor Aufregung erst und später aus Angst, er könne wütend werden. Seltsam sei das: Noch auf dem Weg zu ihm habe sie nicht daran gedacht, jetzt aber sei diese Angst dagewesen, er könne einfach aus dem Zimmer gehen.

Sitzengeblieben sei er in dem Sessel, vor sich hingestarrt habe er und geschwiegen. Sie habe ihre Brüste bedeckt, weil ihr kalt geworden sei. Aufgestanden sei sie und habe gefragt, was denn sei. Nicht ansehen habe er sie können, stattdessen sein Kinn gerieben, die Unterlippe geknetet, und ein Stein sei in ihrem Hals gewachsen. Sie habe gedacht, er freue sich, habe sie gesagt, immer noch stehend, während er im Sessel gesessen habe, sein Kinn befühlend, das plötzlich geblutet habe. Frisch rasiert sei er gewesen an dem Morgen. Er habe sich beim Rasieren geschnitten gehabt, und der Schnitt sei wieder aufgeplatzt.

Er freue sich ja, habe er endlich gesagt, und sei ins Bad gegangen, um seine Wunde zu betupfen. Wie sie denn glauben könne, er freue sich nicht! Sie wisse doch, wie schwierig das sei, habe er aus dem Bad gerufen, in seinem Beruf. Aber er freue sich riesig, bereue es nicht, dass er sich anderem hingegeben habe als seinem Amt: seiner Liebe zu ihr, seiner Menschlichkeit.

Und dann habe er ihr noch einmal all die Probleme geschildert, die sie längst kannte, und von Kollegen erzählt, die in einer ähnlichen Situation gewesen seien. Ratlos seien sie beide da gewesen, und er habe sie so wunderbar getröstet, auch wenn er keine Lösung gehabt habe. Immer sei es schön, wenn er sie tröste, und es sei ja auch zu viel verlangt, gleich auf Anhieb eine Lösung zu haben. Aber denken müssen habe sie trotzdem immerzu an dieses Problem, auch als er in sie eingedrungen sei, zärtlicher als sonst, als sei er in Sorge, er könne das Kind verletzen, dass man wahrscheinlich nicht einmal sähe, wenn man in sie hineingucken könnte. Ärzte könnten das, sie freue sich darauf und fürchte sich davor und wisse nicht, ob er mitkommen werde zum Ultraschall, um ihre Hand zu halten und das Kind in ihr zu sehen.

Über all das habe sie nachgedacht, während er in ihr gewesen sei, und erst als er sich nicht mehr bewegt habe, habe sie ihn wieder angeschaut. Sie habe gedacht, jetzt drehe er sich zur Seite und sie besprächen, was sie nun tun sollten. Aber verharrt sei er auf ihr und habe ihren Hals geküsst. Noch in ihr sei er ein zweites Mal gewachsen, habe wieder sich bewegt und sei nun heftiger gewesen. Geweint habe sie, während er immer drangvoller sich gebärdet habe, heftiger noch, als er sah, dass sie weinte, und sie habe sich schuldig gefühlt. Danach sei er neben ihr eingeschlafen, was ihm außer beim ersten Mal nie wieder passiert gewesen sei, weil sie ihn damit geneckt habe, denn es war ja nicht schlimm. Jetzt aber sei es schlimm gewesen, weil sie so plötzlich allein gewesen sei, einsamer noch als zu Hause. Und sie habe sich angezogen und sei zu ihren Eltern gegangen, aber die hätten gefragt, was sie heute hier im Dorf mache. Nichts, habe sie gesagt, und sei bald nach Hause gefahren.

Sie denke auch jetzt, während sie schreibe, immerzu darüber nach. Schriebe sie nicht, hätten ihre Gedanken keine Richtung. So aber bekämen sie eine, besser und schneller als im Gespräch mit Christian. Ein guter Tröster sei er, aber ein schlechter Gesprächspartner, wenn es um ihre gemeinsame Not gehe. Er habe ja gar keine Vorschläge gehabt, nur von anderen erzählt, die in ähnlichen Lagen gewesen seien. Und auf einmal habe dieser Vorschlag im Raum gestanden, unausgesprochen, ihr jetzt erst klar werdend, diese Idee, derer sie sich schäme, obgleich es ja nicht ihre gewesen sei.

Ich erinnere mich, dass ihre Schrift hier schwer leserlich war. Wörtlich schreibt sie, sie sei außer sich, und zwar umso mehr, je länger sie bedenke, dass Christian nicht einmal gesagt habe, was er gemeint habe. Hinter Erzählungen habe er sich versteckt, als ginge es gar nicht um ihn. Als müsste er auch hier tun, was er als Pfarrer täglich tue: den Menschen beistehen, ohne Mensch zu sein. Denn persönlich sei er ja niemals betroffen.

Jetzt erst werde ihr klar, was er ihr mit der Geschichte seines Kollegen habe sagen wollen. Zu dem nämlich habe der Bischof gesagt, sie könnten es ja wegmachen lassen. Natürlich hätten sie das nicht getan, habe Christian ihr versichert. Aber verheiratet sei jener Kollege jetzt auch nicht, sondern immer noch Pfarrer, und was mit der Frau sei, wisse er, Christian, nicht. Ein Paar jedenfalls seien sie nicht mehr.

11 Er erwachte davon, dass ich ihn anfasste. Er ließ mich gewähren, dachte an Ulrike, wie er Frau Kuhnt jetzt insgeheim nennt. An ihre grünen Augen, die manchmal blau sind. Der Farbton verändert sich. Er changiert mit dem Licht oder mit ihren Empfindungen, ich weiß es nicht genau. Er schlägt plötzlich um, wenn ich hinsehe. Fast immer beobachte ich sie, versuche es zumindest. Aber Heimann hält ihrem Blick nicht stand. Er weiß nicht, was sie von ihm hält. Außerdem hat er die ganze Zeit Angst, ins Irrenhaus zu müssen, und die Angst ist ja nicht unbegründet. Obwohl Ängste meist auf Gründe pfeifen.

Angst hatte er bald vor jedem Treffen mit Maria. Angst davor, dass anstelle Marias die Fremde wiederkäme, die immer erschien, nachdem Maria Zeit mit ihrem Mann verbracht hatte. Und wer war sie wirklich? Die Maria, die ein Kind von ihm wollte, oder die, die ihn angezeigt hatte? So dachte Heimann und erschlaffte zwischen meinen Fingern. Ich hatte keine Lust mehr, und Heimann behalf sich mit seiner Rechten, was mangels Übung nicht sonderlich gut ging. Ich langweilte mich derweil auf der Bettdecke.

Mit dem Samen kamen die Tränen. Warum hatte er keine Familie gegründet, mit Maria neu angefangen? Bestimmt hatte ihr Mann sie zu ihrer Aussage gezwungen. Sicher würde sie die Anzeige zurückziehen, ihren Mann verlassen, zu Heimann zurückkehren. Aber wie sollte sie zu einem zurückkehren, bei dem sie nie richtig gewesen war?

Heimann fiel in einen tröstlichen Halbschlaf. Dann kam Ulrike. Der Schließer gab Heimann einen Wink, er stellte sich notdürftig her, und schon saß sie vor ihm und strahlte, den Zwischenbericht von Icks auf den Knien: Heimann sei in psychiatrischer Hinsicht gesund, stand darin. Er habe alle Tests bestanden.

Tests? Was für Tests?

Icks habe alles aufgelistet, was er geprüft habe. Methodisch stringent. Der sei eben ein richtiger Wissenschaftler, schwärmte sie: Facharzt für Psychiatrie und Neurologie, obendrein Psychologe. Heimanns Problem sei nicht psychiatrischer, sondern neurologischer Natur. Sein Arm bewege sich unkontrolliert, schreibe Icks.

So ist es, dachte ich, hielt Heimann die Augen zu. Er nahm mich von seinem Gesicht. Erblauten Ulrikes Augen? Grünten sie?

Möglicherweise habe Heimann einen Schlaganfall erlitten, schreibe Icks. Ein Neuroradiologe solle das untersuchen. Morgen werde Heimann abgeholt. Vollzugsbeamte würden ihn in die Uniklinik bringen.

Ich stellte mir eine Hundertschaft vor – halbe-halbe blaugrün vielleicht, in alten und in neuen Uniformen.

Wie es ihm gehe, fragte Ulrike, blauäugig.

Gut, sagte Heimann. Etwas Braunes fesselte ihn. Ein Eiland in der smaragdenen See. Ein brauner Mosaikstein zwischen Grüngold.

Ulrike schlug die Augen nieder, spielte mit ihren Händen, drehte an einem Ring. Ich berührte ihre Hand. Ulrike sagte nichts. Aus ihrer Aktentasche zog sie ein gebügeltes Hemd und eine Krawatte: Es sei wichtig, dass er in der Klinik einen guten Eindruck mache, erklärte sie. Dann ließ sie ihn allein.

Am nächsten Tag kamen zwei Beamte in blauen Uniformen. Beide trugen Schnauzer, roten Flaum der eine, Kaiser-Wilhelm-Bart der andere. Heimann folgte ihnen zum Wagen. Icks war nirgends zu sehen. Im Himmel, der trübe dahinfloss, dümpelten Möwen.

Während der Fahrt versank Heimann in Gedanken. Wie konnte er behaupten, Maria zu lieben, wenn jetzt alles, was er dachte, Ulrike hieß? Bei Maria hatte er geglaubt, sein Leben hätte begonnen, alles Vorige wäre Getue gewesen. Jetzt kam es ihm vor, als sei Maria das Theater gewesen. Als wäre er in einem Stück aufgetreten, ohne zu wissen, dass es eines war. In zwei verschiedenen Stücken, besser gesagt. Maria schrieb sie und wechselte sie aus, mitten in der Aufführung. Und sie war die einzige Zuschauerin.

Die Fahrt ging quer durch die Stadt. Der Rotflaumige lenkte den Wagen, Kaiser Wilhelm thronte hinten bei Heimann. Er glotzte, als ich Heimann an der Nase zog. Dann bemitleidete er sich: Er lebe seit fünfzehn Jahren allein, seine Kinder siezten ihn.

So ist es immer: Man gießt Heimann das Herz aus. Icks tat es, Maria auch. Heimann aber spricht nicht von sich. Stattdessen führt er Selbstgespräche. Mit dem Trinken begann das, heute tut er's auch nüchtern, zu Hause einfach so, in der Öffentlichkeit mit dem Handy am Ohr, damit es keiner merkt. Und mit den Studenten spricht er, aber nur über Literatur. Das sei gefahrlos, glaubt er, denn dabei gehe es nicht um ihn. Welch Trugschluss und Umweg! Insgeheim froh ist er drum, dass er mich hat. Warum wohl nimmt er mir nie den Stift weg?

57

Der Rotflaum parkte den Wagen im Schatten eines Baumes. Vor dem Eingang der Radiologie rannte ein junger Mann ein paar Papierbögen nach, die der Wind ihm geklaut hatte. Zwei Bögen landeten vor Kaiser Wilhelms Füßen. Ein Foto des jungen Mannes war auf dem einen, ein Anschreiben auf dem andern. Der Brief war an Professor Ingerfeld gerichtet. Zu dem wollten wir doch, brummte der Kaiser. Er reichte die Papiere dem Mann und stolzierte zum Eingang, Heimann und der Rotflaum hinterher.

Der Flur war menschenleer. Wir warteten in einer Sitzecke. Fachzeitschriften lagen herum. Und ein Erotikmagazin. Kaiser Wilhelm blätterte darin. Der Rotflaum knabberte an seinen Fingernägeln. Dann blutete sein linker Daumen, und er lutschte daran. Heimann spazierte auf und ab. Schließlich kam der Professor, im weißen Kittel. Er roch nach Alkohol.

Kaiser Wilhelm warf das Heft auf den Tisch und erhob sich: Sie brächten den Herrn hier, wegen der Untersuchung.

Der Professor schob den Kaiser beiseite und stürzte sich auf Heimann: Hoch erfreut sei er – Ingerfeld.

Ich zerrte an seinem Kittel. Er packte mich und strahlte: Eine anarchistische Hand! Da habe der Icks also Recht gehabt.

Er hielt Heimanns Arm wie einen frisch geangelten Wildlachs in die Höhe und staunte. Dann zog er Heimann mit sich fort.

Der Rotflaum hatte sich das Schmuddelheft geschnappt und lutschte nun versonnener.

Das sei sein Heft, raunzte der Kaiser ihn an.

Ingerfeld schloss die Tür des Behandlungszimmers und wühlte in Schubladen. Dabei erzählte er: Quasi einen eigenen Willen hätten anarchistische Hände. Den ersten Fall dieser Art habe Kurt Goldstein beschrieben. Die Hand einer

Tischlerfrau. 1907 sei das gewesen. In Königsberg. Ihre Hand spiele verrückt, habe die Frau gesagt, sie könne nichts mit ihr machen: Wenn sie trinke und die Hand fasse den Becher, so lasse sie ihn nicht mehr los und gieße aus. Sie schlage sie dann und sage: »Mein Handchen, sei doch still.« Es sei wohl ein böser Geist in der Hand.

Ingerfeld hackte auf dem Telefon herum, erreichte niemanden. Er schickte Heimann ins Nebenzimmer. Ein Gerät stand dort, ein Tunnel mit einer Pritsche davor – ein Fuchsbau mit Laufsteg. Der Apparat machte Geräusche, eine Art Techno mit Urwaldlauten und Vogelzwitschern. Heimann schwitzte. Was würde das Gerät zutage zerren? Seine Scham zu existieren? Seine Angst, so zu sein wie sein Vater?

Ingerfeld murmelte vor sich hin: Heimann solle sich auf die Pritsche legen. Dann rief er nach einer Frau Beckers, es kam aber niemand, und er murmelte wieder: Wo die wohl sei? Wahrscheinlich sei ihr Kind wieder krank. Aber er könne das Kontrastmittel auch selbst geben.

Heimann legte sich auf die schmale Pritsche. Er versuchte, sich nicht zu bewegen. So mache er's ja sowieso, dachte er. Auch mit Maria war das so gewesen. Alle Bewegung war von ihr ausgegangen, er hatte sich mitreißen lassen.

Ingerfeld stand neben Heimann, die Spritze in der Hand: Prächtige Venen habe Heimann! Einem Studenten im Praktischen Jahr gäbe er zwanzig Punktionsversuche bei einem Patienten wie ihm. Natürlich nur, wenn der Patient nichts mitbekäme, voll narkotisiert.

Er stieß Heimann die Kanüle in den Arm.

Ob Heimanns Niere normal funktioniere, fragte er.

Heimann ächzte: Er glaube schon.

Ob Allergien vorlägen.

Nicht dass er wüsste, meinte Heimann, und Ingerfeld antwortete selbst: Sicher nicht.

Er stülpte Heimann einen Kopfhörer über die Ohren und verschwand. An der Zimmerdecke klebte ein Kaugummi. Im Kopfhörer sprach Ingerfeld: Stillhalten jetzt, nicht bewegen!

Heimann glitt in den Fuchsbau. Im Kopfhörer hörte er Ingerfeld singen. Anscheinend klemmte sein Funkknopf.

Heimann schloss die Augen. Im Fuchsbau war es laut.

Ingerfeld lachte.

12 Das habe er so nicht gemeint. Wo sie gewesen sei, er habe sie vermisst.

Sie wisse nicht mehr, schreibt Dorothee, was er zuerst gesagt habe am nächsten Morgen, noch vor der Sonntagsmesse. Vielleicht habe er den einen Satz auch erst im Pfarrhaus gesagt, den anderen aber schon vor der Kirche. Sie wisse nur, was sie ihn gefragt habe. Es wegmachen lassen solle sie, ob er das gemeint habe, habe sie ihm zugeraunt, und am liebsten hätte sie's geschrien.

Vielleicht habe sich auch beides überschnitten, ihr Raunen, sein Barmen. Gepasst hätte es: zu dem erschrockenen Gesicht, das er von ihr abgewandt habe, den Kirchgängern zu, die an ihnen vorbeigeeilt seien, erstaunt, den Pfarrer vor der Kirchtür zu treffen, weil er sonst erst nach dem Gottesdienst hier stehe. Ob die Messe schon vorbei sei, hätten einige gescherzt. In die Sakristei sei er verschwunden, und als die Messe begonnen habe, habe sie immer nur ihn angesehen, dessen Kind in ihr wachse, und habe sich fallen lassen: aus dem Ärger in ihre Liebe zu ihm.

Sie liebe ihn, habe sie gesagt, als er ihr die Tür geöffnet habe, und sei ins Pfarrhaus geschlüpft, durch den schmalen Spalt, den er sogleich wieder geschlossen habe, nicht ohne zu schauen, ob da irgendwer sei, in dem großen Vorgarten oder auf der Straße. Gleich nach der Messe sei sie zu ihm gegangen, entgegen aller Vorsicht und sonstigen Regel. Ihren Eltern habe sie gesagt, sie müsse zurück in die Stadt, was auch gestimmt habe, auch wenn sie nicht zurückgefahren sei. Ihren Dienst habe sie deshalb verpasst und Ärger bekommen im Krankenhaus.

Das habe er nicht so gemeint, habe er gesagt und dann erzählt, welche Sorgen er sich um sie gemacht habe, als er nachts aufgewacht und ohne sie gewesen sei. Um das Haus ihrer Eltern sei er im Dunkeln geschlichen, nicht wissend, welches der Fenster ihres sei. Er habe gedacht, das nach hinten zum Garten, das müsse es sein, aber sicher gewesen sei er nicht, und so habe er das Steinchen wieder fallen lassen, das er schon in der Hand gehalten habe.

Ja, das sei ihr Zimmer, habe sie gesagt, wobei ihre Stimme tonlos und hohl gewesen sei, und überlegt habe sie, wie sie reagiert hätte, wenn er dagestanden wäre, und ob sie ihn weggeschickt oder geweint hätte. Jetzt aber habe sie ihn in den Arm genommen. Es tue so gut, ihn zu trösten, und für einen Augenblick sei alles gut gewesen, schreibt sie.

Was denn nun werden solle, habe er gefragt. Es sei ja nicht nur der eine Kollege, dem derlei passiert sei. Viele gebe es, und keiner finde Glück, am Ende seien alle noch einsamer als vorher. Am schlimmsten habe es Gernot getroffen, einen Priester, mit dem er befreundet gewesen sei. Als der sich zu seiner Liebe und seinem Kind bekannt habe, sei er versetzt worden, in eine andere Stadt, und seine Liebste, die im Gemeindekindergarten gearbeitet habe, sei entlassen worden. Protestiert habe Gernot, aber man habe ihm bedeutet, dass man auch ihn entlassen könne, wovon wolle er dann leben? Er habe doch nichts anderes gelernt. Schon seit Jahren habe Gernot nun weder Frau noch Kind gesehen. Sie solle doch verstehen: dass nicht Kleinmut ihn, Christian, verzagen lasse, sondern Wissen. Er habe schon viele scheitern sehen, die stärker gewesen seien als er, allen voran diesen Gernot. Der habe alles von Anfang an durchschaut, vor allem sich selbst, aber genutzt habe das nichts.

So sei das mit der Liebe, habe Christian sogar gesagt, alle machten sich etwas vor, auch er selbst. Eingeredet habe er sich, die Nächstenliebe treibe ihn zu ihr, die priesterliche Sorge. Es sei bloß seine Berufung, habe er sich vorgemacht, sein Amt sei es, sich um sie zu kümmern. Eingeredet habe er sich das und sich so diesem Sog hingegeben, der ihn immer stärker zu ihr hingerissen habe, bis er tatsächlich nicht mehr zurückgekonnt habe, heimlich gehofft habe er darauf, dass es endlich soweit sei und zum Äußersten zwischen ihnen komme, denn die Liebe sei dann schuld, und wer sei stärker als diese? Ein Lügner sei er, der sich nicht habe eingestehen können, was er fühle. Nur dürfe er das eben nicht, und wie sollten sie je zusammenleben?

Sie könnten fortgehen, habe sie eingewandt, sie seien doch frei, bräuchten die Kirche nicht. Aber Christian habe gesagt, sie brauche die Kirche nicht, er aber schon, denn sie sei stark, er aber nicht. Schockiert sei sie darüber. Seine Stärke habe sie immer bewundert, und nun sitze er da und weine. Dass sie selbst handeln, ihr Leben in die Hand nehmen müsse, ihres und seines, werde ihr jetzt klar, denn er könne das nicht. Aber notwendig sei, dass nun etwas geschehe, denn sichtbarer runde sich jeden Tag ihr Bauch, und sie wisse nicht, wie lange sie ihren Eltern noch etwas vormachen könne. Auch habe sie das Gefühl, dass Christian sich ihr entziehe. Sie wisse nicht mehr, wie sie alles mit ihm besprechen solle, von ihm komme ja doch keine Antwort, und sie habe das Gefühl, sie zerstöre sein Leben.

Zerstört, wenn überhaupt etwas, hat sie ihr eigenes Leben – obwohl sich alles in mir sträubt, mit diesem Satz zwei Leben gegeneinander auszuspielen, von denen das eine sich ändert, weil das andere wird. Nachdem sie ihren Eltern kundgetan hatte, dass sie schwanger sei, den Kindsvater aber nicht nennen wolle, weinte ihre Mutter, und ihr Vater sagte nichts. Wortlos sei er aus dem Haus gegangen und erst in der Abenddämmerung wiedergekommen, aus der heraus er wie ein Gespenst ins Haus getreten sei, und zuerst habe sie ihn gar nicht erkannt, denn weder ihre Mutter noch sie selbst hätten ein Licht angezündet gehabt, reglos hätten sie ausgeharrt. Stumm habe er sich in den Sessel gesetzt, der Mutter gegenüber. Alle Türen habe er offenstehen lassen. Und Dorothee habe verstanden und sei gegangen.

Ihre Eltern kommen danach lange nicht mehr vor in ihren Aufzeichnungen, stattdessen fast nur noch ihr Kind. Durch Mark und Bein sei Martins erster Schrei ihr gegangen und habe Tränen aus ihren Augen getrieben, eine überwältigende Liebe habe sie überfallen, gleich sofort nach solchem Schmerz, das sei das Unglaubliche des Mutterseins und einer Geburt. Und sogar Christian habe das Kind noch am selben Tag gesehen. Völlig unerwartet habe er sie im Krankenhaus besucht und ihr Grüße ausgerichtet, von manchen im Dorf, die sie seit jenem Tag nicht mehr gesehen hätten, da sie nach Würzburg geflohen sei, wie sie es im Tagebuch nennt: Geflohen sei sie in das kirchliche Krankenhaus, in dem sie arbeite, und dieselben Schwestern, die so streng mit ihr gewesen seien, als sie ihren Dienst verpasst hatte, hätten so lieb für sie gesorgt während der Schwangerschaft, und keine habe sie bedrängt, nachdem sie einmal klargemacht gehabt habe, den Vater nicht nennen zu wollen.

Mit der Ausbildung zur Krankenschwester war es jetzt vorbei, denn wer sollte sich um das Kind kümmern? Heimann lag schreiend in der Wiege, wollte gewickelt, gestillt, umhergetragen werden. Von ihren Eltern war keine Unterstützung zu erwarten, und wenn Dorothee überhaupt eine Arbeit hätte machen können, dann höchstens eine, bei der sie den Säugling stets hätte bei sich haben können. Aber auch hier verstand es Christian, aus der Not eine Tugend zu machen, und nachdem er die Stimmung im Dorf zu Dorothees Gunsten verändert hatte, erwies er sich erneut als Muster christlicher Nächstenliebe und nahm das gefallene Mädchen als seine Haushälterin zu sich ins Pfarrhaus.

Das finde nun aber das ganze Dorf entzückend, notiert Dorothee nach ihrem Einzug, und dass sie zuerst sehr erschrocken gewesen sei ob der Kühnheit der Idee. Aber keinen anderen Ausweg habe sie gewusst, und nun wende alles sich zum Guten: Das ganze Dorf ehre Christian, sein Glanz umstrahle auch sie, kaum scheine man ihr zu verargen, den Vater des Kindes zu decken. Selbst ihre Eltern kröchen nun zu Kreuz: Besucht hätten sie sie schon am dritten Tag nach ihrem Einzug, still und wortkarg, Bittstellern gleich. Ihr Vater habe immer seinen Hut in den Händen gedreht, und sie selbst habe weinen müssen, auch weil die Eltern ihr so leidgetan hätten in ihrer plötzlichen Einsamkeit im Dorf, da nun alle auf ihrer und Christians Seite stünden – glaubt sie, auch wenn ich das bezweifle. Und ihre Mutter habe sich verstohlen umgeblickt in dem verwinkelten Pfarrhaus, in dem ihre Dorothee nun lebe wie mit Mann und Kind. Das habe sie tatsächlich so gesagt, schreibt Dorothee: wie mit Mann und Kind.

Ihr Vater indes habe gar nichts gesagt. Aber gelächelt habe er, das habe sie beobachtet, als er den Martin in der Wiege habe schlafen sehen.

13 Ingerfeld lachte. Nicht erschrecken solle Heimann sich, er hole ihn jetzt raus.

Es hämmerte und dröhnte. Dann schwand der Lärm, und Heimann glitt aus der Röhre.

Habe er es nicht gesagt? Ingerfeld nahm Heimann den Kopfhörer von den Ohren und gab sich selbst die Antwort: Ja, er habe es gesagt. Ein Schlaganfällchen habe Heimann bestimmt gehabt, das habe er doch gesagt, oder nicht?

Heimann setzte sich auf einen Stuhl. Das Gefühl, jemand könne in ihn hineinschauen, machte ihn bleiern und ergeben.

Ingerfeld war euphorisch: Die Durchblutung in Heimanns rechtem Fronthirn sei gestört, was dieses Symptom da produziere.

Dabei wies er auf mich.

Ich täte sozusagen, was ich wollte.

Ich baumelte an Heimanns Seite, spielte Pendeluhr.

Heimanns Gehirn reagiere auf Anblicke wie automatisiert, erklärte Ingerfeld: Es wähle nicht mehr aus, welchem Reiz es nachgeben solle. Der Schlüssel zum Ganzen liege im Frontallappen.

Ingerfeld gab Heimann eine Kopfnuss: Da liege der Hund begraben. Zwei Hunde, um genau zu sein. Der eine Köter liege hier. Wieder klopfte er auf Heimanns Schädel. Da seien die supplementärmotorischen Areale, die SMA, erklärte er. Innere Antriebe wandelten die SMA in Bewegungen um und wählten die richtigen Bewegungen aus. Der zweite Hund liege daneben.

Ein drittes Mal klopfte er auf Heimanns Kopf, ein bisschen mehr seitlich: Da sei der prämotorische Cortex, der PMC. Der wähle Bewegungen in Reaktion auf äußere Reize aus.

Ingerfeld strich über Heimanns Schädel, versuchte, einen Scheitel geradezuziehen, fand keinen und tätschelte Heimanns Wange. Capito, Monsignore? Ein Gewirr roter Äderchen verzierte seine Augäpfel.

Capito, Dottore, dachte ich. Von seinen inneren Antrieben hatte Ingerfeld gesprochen. Was hatte er über sie herausgefunden?

Seien die SMA auf einer Seite beschädigt, könnten externe Stimuli ungebremst durch den Cortex rauschen, die Hand auf der anderen Körperseite bewege sich dann ohne den Willen des Menschen.

Ich pendelte hin und her.

Heimann sei schuldunfähig aufgrund einer seelischen Störung, wie die Juristen das nennten. Er ging zu seinem Schreibtisch, tippte etwas in seinen Rechner und sah aus dem Fenster.

Anblicken war Heimann also ausgeliefert, die mich dazu brachten, zu tun, was ich tat. Wer aber entschied, welche Anblicke mich hinrissen? Was wurde Auslöser, was nicht? Ich hätte Maria auch schlagen oder streicheln können. Warum ohrfeigte ich sie nicht, liebkoste, kratzte, kitzelte sie? Ich griff ihren Hals, würgte sie – warum?

Draußen nahten Schritte. Kaiser Wilhelm rief: Da dürfe er nicht rein!

Die Tür flog auf. Im Türrahmen standen Wilhelm und der junge Mann, der draußen seinen Papieren nachgerannt war. In der Hand hielt er die schmutzigen Bögen.

Ingerfeld fingerte nach seiner Lesebrille, die aber nicht half. Wer er sei, fragte er den Mann.

Georg Heitkamp, erwiderte der und schob seine Brille zurecht. Er habe jetzt ein Bewerbungsgespräch. Als studentische Hilfskraft.

Verbeulte Cordhosen umschlotterten seine Knie. Ein Bügelflicken versuchte sich zu lösen.

Ach ja, murmelte Ingerfeld, das gehe jetzt nicht.

Der Kaiser zog den Studenten auf den Flur zurück. Der Rotflaum schloss die Tür. Um den Daumen trug er ein Papiertaschentuch.

Zurück blieb Stille. Heimann träumte. Es war so unwahrscheinlich, dass Maria ihn verklagt hatte. Sie wollte doch ein Kind von ihm. Oder drehte sie den Spieß nur herum? Drängte Heimann, sie solle ihren Mann verlassen, kam sie mit ihrem Kinderwunsch. Sie spürte den wunden Punkt in ihm und stach in sein Tiefstes: in die Archive seiner Kindheit.

Mir war langweilig. Ich ohrfeigte Heimann, er hielt mich fest. Ingerfeld lachte. Wilhelm sang draußen ein Lied: *Non, rien de rien. Non, je ne regrette rien.* Das Singen wurde leiser, der Kaiser schien sich Richtung Treppenhaus zu entfernen, Ingerfeld sang leise mit: *Tout ça m'est bien égaaaaal.*

Warum ich das täte, fragte Heimann.

Er meine seine Hand? Ingerfeld schaute entgeistert. Als hätte er an so eine Frage nie gedacht.

Wilhelm gefiel anscheinend der Hall im Treppenhaus: *Ne me quitte pas,* flehte er sonor.

Heimann setzte nach: Ob, was ich täte, sein geheimer Wille sei.

Ach, der Wille, seufzte Ingerfeld: Mit dem Willen sei es nicht weit her. Mitnichten seien wir die Verursacher unserer Handlungen. Das habe die Wissenschaft gezeigt – glaube sie zumindest. Alles wäre demnach verursacht, auch unser Wille. Aber nicht von uns, sondern von Neuronen.

Ingerfelds Zeigefinger stach knochig in die Luft: Neuronen bereiteten vor, was wir täten, bevor wir den Hauch einer Ahnung davon hätten. Bereitschaftspotential nenne man das.

Der Professor fing Feuer für sein Thema, sprang auf, schloss die Tür ab und ließ den Schlüssel stecken. Ein Kindergartenfoto baumelte am Schlüsselbund. Ein Mädchen – Ingerfeld in klein.

Lange bevor wir auf die Idee kämen, etwas zu tun, habe das Gehirn die Handlung schon eingestielt, ohne dass wir es merkten.

Das Mädchen baumelte hin und her, kam zur Ruhe und lächelte Heimann an.

Ingerfeld kramte im Wandschrank. Eine Schachtel mit Teebeuteln fiel heraus, Tütchen mit Instant-Nudeln knisterten. Er reckte sich in den Schrank. Seine Stimme tönte verstärkt aus dem Holz: Gezeigt habe das vor dreißig Jahren schon Professor Libet, der alte Zausel, ausgerechnet der! Das Gegenteil habe der beweisen wollen.

Im Schrank klirrte es. Eine Flasche Whisky kam zum Vorschein, gefolgt von zwei Gläsern. Ingerfeld stellte die Gläser auf den Tisch, schraubte die Flasche auf und dozierte weiter: Auf einen Knopf hätten Libets Versuchpersonen damals zum Beispiel drücken, dabei auf eine Uhr schauen und sich merken sollen, wann sie den Willen gehabt hätten, die Hand zu bewegen. Per EEG habe Libet das Bereitschaftspotential gemessen.

Ingerfeld füllte die Gläser. Heimann wandte die Augen ab. Nase und Ohren blieben, er sah wieder hin: Bernstein funkelte. Ingerfeld hielt ihm ein Glas hin.

Und siehe da, zuerst sei das Bereitschaftspotential dagewesen, dann erst der Wille, Millisekunden später. Noch später: die Handlung.

Heimann nahm das Glas, ich führte es zum Mund. Der erste Schluck ist immer der beste. Scham beißt ins Herz. Ein zweiter Schluck lindert sie, der dritte befreit, schon ist das Glas leer.

Ingerfeld goss nach. Heimann schloss die Augen, als er das zweite Glas leerte.

Der Professor plauderte im Drehsessel: Zuerst verursache das Gehirn eine Handlung und dann glaubten wir, diese auszuführen zu wollen. Alles sei auf diese Art gesteuert, meinten manche Neurologen, auch der Mensch und sein Wille, vorherbestimmt wie ein Dominostein. Nicht das Ich sitze demnach im Sattel, sondern das Gehirn. Alle seien wir schuldunfähig, nicht nur Heimann wegen seiner Hand.

Ich kleckerte zittrig, füllte die Gläser. Ingerfeld prostete mir zu. So sei das, schloss er seinen Vortrag, gähnte in sein Glas und schlürfte es leer. Dann sprang er auf, stellte die Gläser in die Spüle und verstaute die Flasche im Schrank: Frau Beckers dürfe nichts merken.

Er spülte die Gläser. Dann mahnte er: Nicht zu viel solle Heimann sowas trinken! Sonst gebe es beim nächsten Mal einen richtigen Schlaganfall. Die Hand sei ja noch Gold. Außerdem verschwinde das Symptom ja schon. Das Gehirn könne kleinere Schäden ausgleichen. Bald sei Heimann die Hand wieder los. Er werde ihm trotzdem ein Medikament verschreiben.

Ich erschrak und beschloss, dieser Arzt sei betrunken und habe keine Ahnung.

Was denn er selbst von all dem halte, fragte Heimann. Ob es den Willen also nicht gebe?

Verloren stand der Professor an der Tür, stupste seine Tochter an, ließ sie mit Schlüsseln baumelnd klirren. Erschöpft sah er aus, rotfleckig und blass.

Es sei ja egal, brummte er. Es ändere doch nichts. Schabernack sei das, Zeitvertreib für Professoren. Heimann aber müsse wiederkommen. Er werde ihn groß rausbringen, als neuen Fall von AHS.

Heimann wollte nicht groß rauskommen. Er wollte nicht, dass Neurologen ihm in die Seele schauten. Ingerfeld war ihm unheimlich. Am Schreibtisch saß der jetzt, gedankenverloren, und sagte nichts mehr.

Kaiser Wilhelm und der Rotflaum sangen auf dem Flur: *Dona nobis pacem* im Kanon. Der Rotflaum schien etwas im Mund zu haben, vermutlich seinen Daumen. Er unterbrach auch mehrmals und meckerte: Wilhelm setze zu früh ein, singe zu laut und spreche *pacem* falsch aus.

Tatsächlich kam Wilhelms Einsatz zu früh. Sie übten eine Weile, dann hatte Wilhelm es raus, sie sangen den Kanon zu Ende und Ingerfeld summte mit. Anschließend applaudierten die beiden Polizisten einander, riefen Bravo und Vivat.

Ingerfeld klatschte auch, torkelte zur Tür, schloss auf und bat beide herein: So schön gesungen hätten sie, so schön.

Der Rotflaum strahlte.

Was mit seinem Daumen sei, fragte Ingerfeld.

Wortlos hielt der Rotflaum den nassen Finger hoch. Blut quoll hervor.

Ingerfeld kramte in einer Schublade, winkte den Rotflaum herbei. Ein Papa habe immer Verbandszeug in der Schublade.

Er klebte ihm ein Pflaster auf den Daumen. Mit Tieren drauf.

Er solle aber nicht wieder dran rumknibbeln, mahnte Ingerfeld. Der Rotflaum versprach es.

Auch nicht drauf kauen!

Das habe er ihm schon tausendmal gesagt, brummte Kaiser Wilhelm.

Ingerfeld hickste.

14 Die Situation war unmöglich, aber bald alltäglich: Dorothee lebte im Pfarrhaus, zog ihren Sohn groß und besorgte ihrem Christian den Haushalt. Und Christian versah seine Arbeit, las die Messe, nahm die Beichte ab, organisierte die Jugendarbeit und besuchte die Kranken. Unermüdlich sei er und sehr engagiert, schreibt Dorothee. Allzeit sei er für jeden da in der Gemeinde.

Auch deswegen müssten sie achtgeben zu Hause und könnten nicht denken, sie wären für sich. Die Leute seien es gewohnt, ihren Pfarrer spontan zu besuchen, vor allem am Abend. Zwar sei die Haustür dann verschlossen, doch klingelten sie nicht nur, sondern klopften auch ans Fenster und sähen hinein zwischen den Händen, die sie an Gesicht und Fensterscheibe legten. Zärtlichkeiten könnten Christian und sie sich deshalb nicht gestatten, solange es Tag sei und die Vorhänge nicht zugezogen seien. Aber auch nachts sei nichts selbstverständlich, und Vorsichtsmaßnahmen müssten getroffen werden, um nicht den Argwohn der Gemeinde zu erregen.

Ganz verdattert sei sie im ersten Augenblick gewesen, als sie, mit Martin im Kinderwagen, aus dem Krankenhaus und ins Pfarrhaus gekommen sei und gesehen habe, dass Christian im Obergeschoss ein eigenes Schlafzimmer für sie eingerichtet gehabt habe. Aber natürlich, sie könne ja nicht offiziell bei ihm schlafen! Die Leute müssten sehen, dass sie ihren eigenen Bereich habe, genau wie die vorige Haushälterin. Und wenn sie nachts zu ihm komme, so müssten sie immer darauf achten, dass auch in Dorothees Zimmer noch eine Weile das Licht brenne, nicht nur in seinem. Und zu nahe ans Fenster dürfe sie in seinem Zimmer nicht gehen, damit sich ihre Silhouette nicht auf den Vorhängen abzeichne. Mehrmals habe sie ihm schon vorgeführt, dass ihr Schatten ja gar nicht auf die Vorhänge falle, wenn sie da stehe, getanzt habe sie einmal sogar dort, übermütig und nackt. Fuchsteufelswild sei er da geworden, habe das Licht gelöscht und geschimpft: Sie fordere das Schicksal heraus! Und als sie das Licht wieder angeschaltet habe, habe die schiere Angst ihm im Gesicht gestanden.

Komme er zu ihr ins Zimmer, bewege er sich dort überhaupt nicht, weder am Fenster noch sonst wo im Raum, sondern schlüpfe nur schnell in ihr Bett – als könne man ihn durch die Wände noch sehen. Es sei doch schon auffällig genug, meine er, dass im Pfarrhaus neuerdings die Vorhänge zugezogen würden, wo er das früher nicht gemacht habe. Tatsächlich habe er teils nicht mal Vorhänge gehabt, schreibt sie. Sie habe sie selbst genäht. Ein Theologe verstehe sich halt nicht auf praktische Dinge. Und so müsse er sich keine Sorgen machen, habe sie beruhigend zu ihm gesagt, denn wo eine Frau einziehe, da verändere sich eben alles, das wüssten die Leute. Er aber sei damit nicht zu beruhigen gewesen, und so meide sie jetzt solche Themen und richte sich in allem nach ihm, was irgend ihre Sicherheit betreffe.

Was aber den Haushalt und die Erziehung des Kindes angehe, so habe sie die Hosen an. Christian habe ja von so was keinen Schimmer. Manchmal wünsche sie sich zwar, dass sie mit ihm mehr besprechen könnte, vor allem, was Martin und seine Entwicklung betreffe. Insgesamt sei es aber nicht übel, schalten und walten zu können, wie sie wolle. Und habe sie doch einmal Fragen betreffs des Haushalts oder des Kindes, so wisse ihre Mutter Bescheid, zu der der Kontakt sich stetig bessere. Was so ein Kind doch bewirke!

Martin gedeihe im Übrigen prächtig. Der Junge habe einen Appetit, der sie zwinge, schon zuzufüttern, schreibt sie – da ist er erst drei Monate alt. So hungrig sei er von Anfang an gewesen, als hätte er in ihr nicht genug bekommen. Und nicht nur auf Nahrung erstrecke sich sein Hunger, sondern auf alles, was es zu erleben gebe: Alles wolle er sehen, überall dabei sein. Sie trage ihn deshalb fast ständig mit sich herum, habe ihn immer auf der Hüfte und also für den Haushalt nur eine Hand frei. Lege sie ihn hin, schreie er. Erst wenn er schlafe, könne sie ihn weglegen – und sei dann so erschöpft, dass sie sich selbst hinlegen müsse.

Ihren Pflichten als Haushälterin werde sie so kaum gerecht. Mehr als einmal sei es schon vorgekommen, dass Christian ein allzu eilig gebügeltes Hemd halb angezogen und gleich wieder in den Wäscheeimer geworfen habe. Gesagt habe er nichts, aber an seinem Blick habe sie sehen können, dass er verärgert gewesen sei. Auch deute sie als stummen Vorwurf, wenn er selbst zur Kehrschaufel greife, um Staubmäuse zu fangen. Dabei habe es doch, bevor sie hier eingezogen sei, viel schlimmer im Haus ausgesehen.

So fürchte sie manchmal, sie entpuppe sich ihm als schlechte Ehefrau. Denn seine Ehefrau, das sei sie doch gewiss, wenn auch nicht vor den Menschen, so doch allemal vor Gott. Komme Christian aber des Abends nach Hause, so sei von befürchtetem Ärger nichts zu spüren, nie zeige er dann den leisesten Verdruss. Im Gegenteil: Sei die Haustür verriegelt, seien die Vorhänge zugezogen und schlafe der Junge, so freue Christian sich sehr darauf, mit ihr allein zu sein.

Dann sei wirklich fast alles normal. Wunderschön seien diese Stunden zu zweit, nur manchmal überschattet von der Aussicht auf den Morgen, an dem alles wieder anders, Christian der Pfarrer und sie nur seine Haushälterin sei. Nachts könnten sie ein Paar sein, nie des Tags eine Familie.

Eine komische Fremdheit sei manchmal zwischen Christian und dem Jungen, die vom Vater ausgehe. Der Sohn habe sich ihn längst zum Papa erkoren, auch wenn er ihn natürlich nicht so nenne, sondern der Christian sei halt der Christian. Aber das mache keinen großen Unterschied, und der Martin sei klein und stelle noch keine heiklen Fragen.

Aber die Zeit vergehe schnell, wenn Kinder heranwüchsen, schreibt Dorothee, auch ihre Mutter betone das immer wieder. Und tatsächlich wundere auch sie selbst sich oft, wie schnell ihr Junge wachse, und sie frage sich dann, wann sei dies oder jenes nur passiert? Immerzu sei sie ja mit ihrem

Sohn zusammen, und dennoch überrasche er sie immer wieder mit Entwicklungsschüben. Und so dauert es nicht lange, bis sie notiert, Martin habe gefragt, wer sein Papa sei. Da war Heimann fast drei, jedenfalls kann er sich selbst daran erinnern: wie Dorothee und Christian Blicke ausgetauscht haben. Er spürte, dass die Frage anders war als seine sonstigen Fragen: warum es regne, wozu man Zähne habe, wieso es nachts dunkel sei und warum der Mond nicht herunterfalle. Und dass etwas nicht stimmte mit der Antwort.

In der Küche spielt seine Erinnerung. Christian steht am Kühlschrank, die Mutter sitzt am Tisch, schnippelt etwas, vielleicht grüne Bohnen. An Einzelheiten des Gesprächs kann er sich nicht mehr erinnern, nur an das seltsame Gefühl, das ihn beschlich, nachdem er die Frage gestellt hatte. Als habe er Verbotenes getan. Aber statt einer Strafe erhielt er überschwängliche Zuwendung. Sogleich stand seine Mutter auf, legte das Messer beiseite und hockte sich vor ihn, so dicht, dass ihre Nasen sich beinah berührten. Ihren Atem konnte er riechen, Parfüm, Schweiß und Bohnen, oder war es Kohlrabi?

Alle Kinder im Kindergarten hätten Papas, habe Martin gesagt, notiert Dorothee. Nur er habe keinen. Jeder Mensch habe einen Papa, habe sie erwidert, und natürlich habe er beharrt: Er aber nicht, wo denn seiner sei? Er habe doch Christian, habe sie begütigt. Aber Martin sei damit nicht zufrieden gewesen, sondern habe insistiert, der Christian sei lieb, aber auch einen Papa wolle er haben. Das Herz sei ihr in die Hose gerutscht, wie er das so trotzig gesagt habe, und ein Kloß, hart wie Stein, habe ihr den Hals verstopft. Er habe ja einen Papa, habe sie dann gesagt, und der habe ihn ganz lieb. Er sei nur ganz weit weg. Wenn er, Martin, aber größer und immer lieb sei, dann komme der Papa ihn ganz bestimmt besuchen.

Martin hat darauf fürs Erste wohl Ruhe gegeben, aber Dorothee und Christian bekamen Streit, schreibt Dorothee. Wie sie so etwas sagen könne, habe Christian sie abends gefragt und ihr vorgeworfen, sie mache Versprechungen, die sie nicht einlösen könne. Was sie denn anderes hätte sagen sollen, habe sie da gefragt, worauf er die Antwort schuldig geblieben sei. So jedenfalls gehe es nicht, habe er gemeint. Sie müssten das besprechen. Wie leichtsinnig hätten sie gelebt: wie in dem Glauben, der Junge denke nichts. Dabei denke er viel, sehe und verstehe immer mehr, je mehr er heranwachse. Sodass alles für sie drei mit jedem Tag gefährlicher werde.

In einen hitzigen Monolog habe Christian sich an diesem Abend hineingesteigert, von dem sie gar nicht wisse, was er bedeuten solle, so verworren sei er gewesen, sodass sie zum Schluss kaum noch zugehört habe. Christian selbst habe sich nicht mehr zugehört, habe sie den Eindruck, denn schließlich habe er mehrmals wiederholt, ins Internat geben müssten sie den Jungen, dabei sei Martin doch viel zu klein dafür. Blass und kränklich habe Christian ausgesehen, so als stecke ihm eine Grippe in den Knochen. Auf seinen Zustand habe sie deshalb geschoben, was er da Schlimmes gesagt habe. Jedenfalls sei am Morgen darauf wieder alles beim Alten und vom Internat keine Rede mehr gewesen, Christian gesund, und Martin so fröhlich wie eh und je.

Danach, wie es scheint, war es lange kein Thema, wo und wer Martins Vater sei – zumindest nicht im Pfarrhaus, in anderen Häusern wohl. Von einem Klassenkameraden hat Martin später, in der Grundschule, jedenfalls erfahren, was dessen Vater bei Tisch öfter gesagt habe: dass Martins Papa bestimmt ein amerikanischer Soldat sei. In dem Zeitraum, in dem die Schweinigelei habe passieren müssen, habe nämlich ein großes Manöver in der Gegend stattgefunden. Viele Amis seien dabeigewesen. Man könne ja schon froh sei, dass es kein Schwarzer gewesen sei. Sonst wäre der Martin ein Mischling, habe sein Vater damals gesagt, mit Karos oder Streifen, erzählte der Mitschüler und lachte, denn es war ja lustig gemeint.

Ein bisschen was muss Dorothee damals gehört haben von dem Klatsch, denn einmal moniert sie abfällig, wie eingeschränkt die Fantasie der Leute sei, klischeehaft und voraussagbar. Zu viele Kitschromane und Groschenhefte läsen die Leute, in denen es von Gangstern und Ärzten und Soldaten nur so wimmle, die dummen Mädchen Kinder machten. Dass ein Kind auch vom Pfarrer sein könne, darauf verfalle wohl niemand. Zu verboten sei das und denen unvorstellbar: dass ein Pfarrer ein Mann sei, zuzeiten von Sinnen, getrieben von Mächten, die er im Zaum halten müsse und die ihn darum noch stärker packten als jene, die jederzeit dürften, was ihm untersagt sei: die Nähe eines geliebten Menschen zu kosten, der einem ein Zuhause ist.

Ein Zuhause war sie ihm mehr als er ihr, hat Heimann heute den Eindruck, mehr noch als damals, als er das las. Das ist ein Vorteil des Zeitvergehens: dass wir mit wachsendem Abstand klarer sehen. Und so sehe ich heute oder glaube zu sehen, dass es aus Christians Sicht durchaus so hätte weitergehen können, weil für ihn sonst fast alles perfekt war. Er hatte, was er wollte: eine Frau, sein Amt und sein Kind. Und wenn er auch selbst unter dem Doppelleben litt, so kam er doch besser damit zurecht als Dorothee, scheint mir. Aber auch ihn fasste wohl bisweilen heftig an, dass sie beide mit sich und der Welt (und vielleicht auch mit Gott) nicht im Reinen waren, und immer schwebte über allem die Angst vor der Entdeckung.

Auch deswegen machten die beiden kaum Ausflüge. Einen einzigen Urlaub zu zweit erwähnt Dorothee, ein kurzes Wochenende, das sie, getrennt wohnend, an der Nordsee verbracht hätten, während Martin bei den Großeltern war. Dort, bei langen Spaziergängen am einsamen Nordstrand Norderneys, wo wegen des schlechten Wetters niemand sonst gewesen sei, sei Christian ein anderer als zu Hause gewesen, frei und verspielt, und habe verliebt ihre Hand gehalten, sie geküsst, mit ihr gescherzt. Aber dann sei er plötzlich zusammengezuckt, habe jemanden hinter einem Strandkorb vermutet, einen in den Dünen gesehen, aber nichts sei da gewesen außer Schatten, schreibt Dorothee, und doch habe er dann ihre Hand losgelassen, sich aus ihrer Umarmung gewunden, sie einmal sogar weggestoßen. Und in der Woche darauf, heimgekehrt ins Pfarrhaus, sei er missmutig, kaum ansprechbar gewesen, was seither immer öfter vorkomme und aus welcher Stimmung herauszufinden er jedes Mal Tage brauche. Manchmal trinke er dann, was er normalerweise nicht tue. Sonst trinke er nur im Dienst und das auch nur wegen der Wandlung, die komme halt ohne den Messwein nicht aus. Jedenfalls weigere er sich seither strikt, mit ihr und Martin in den Urlaub zu fahren. Zu gefährlich sei das.

Die Angst scheint ihm insgesamt stärker zugesetzt zu haben als ihr, hingegen ihr mehr das Alleinsein. Denn er, so schreibt sie, sei ja nicht halb so allein wie sie. Zwar sei er ängstlicher und strauchle innerlich häufiger als sie, wisse im Straucheln aber sie an seiner Seite und finde dank ihrer stets zurück in sein offizielles Leben. Aus seinem Amt schöpfe er

Kraft. Ihr hingegen gebe sonst niemand einen Halt. Überkomme sie die Verzweiflung, könne sie Christian nichts davon sagen, da ihn Panik ergreife, wann immer sie schwach sei. Allein müsse sie aus ihrer Trauer herausfinden, sie habe ja nur dieses heimliche Leben, kein zweites wie er. Nur den Martin habe sie in solchen Stunden, der von all dem nichts ahne, seinen Vater sich erträume, als Seemann, als Ritter, Astronaut oder Feuerwehrmann. So stelle er ihn auf Zeichnungen dar. »Papa« stehe krakelig daneben.

Fünf Jahre war Martin alt, als seine Vaterträume zerstoben. Er konnte nachts nicht schlafen, hatte Bauchweh und wollte zur Mutter. Er rief sie, sie kam nicht, er lief zu ihr und fand ihr Bett leer. Zum Christian ging er deswegen, schlich sich ins Zimmer, fand beide schlafend, nackt, Arm in Arm, wie Vater und Mutter. Ein Zorn packte ihn da, er trat einen Stuhl um und rannte in sein Zimmer, verfolgt von dem Licht, das man hinter ihm anknipste. Das Licht war schneller als er, warf den Schatten voraus, in den er sich floh.

Tuscheln hörte er, dann Schritte seiner Mutter. Er kannte ihren Gang, er war runder als der Christians. Was bei ihm einzelne Schritte waren, war bei ihr ein ruhiger Fluss. Barfüßig kam sie, jetzt im Nachthemd, und kroch zu ihm ins Bett. Er wollte sie nicht sehen und drehte sich zur Wand, insgeheim froh, dass sie bei ihm war. Sie beschützte ihn vor etwas, ihn und seinen Vater, bis der käme und sie holte und sie mitnähme zu sich: die Mama, den Christian und ihn.

Der Traum währte bis zum Morgen, dann war sein Vater da. Keinen beschützte der, sondern musste selbst beschützt werden: durch Lügen. Das Licht der Wahrheit aber, träfe es sie drei, brennte ihn, Martin, am schlimmsten. Denn seine Eltern hatten Verbotenes nur getan. Er aber war selbst verboten.

15 Ich bin nur noch Schmerz. Mein Rücken ächzt, die Finger krampfen, zucken nervös. Wie eine Gichthand umklammer ich den Stift. Ich schreibe über das Papier hinaus, fahre mit dem Stift durch die Luft, lasse ihn fallen. Heimann massiert mich und redet mir zu. So geht es seit Tagen. Kaum gönnen wir uns Pausen. Alles soll fertig sein, bevor Heimann wieder zu Hause ist. Er befürchtet, dass dort das Schreiben aufhört. Und die Zeit drängt. Die Haftprüfung ist terminiert, und Frau Kuhnt meint, Heimann komme frei. Dann sitzt er daheim, und alles ist wie früher. Und die Gedanken warten nicht. Jetzt kommen sie und stürzen auf mich ein wie innere Stimmen.

Auch Ulrikes Stimme ist darunter. Wie schön sie klingt! Heimann kann sich einrollen in diesen Klang wie in eine Wolldecke, erst recht, wenn Ulrike hier ist. Mehrmals kam sie ihn in letzter Zeit besuchen. Oft hörte Heimann ihr gar nicht zu, lauschte nur dem Klang ihrer Stimme und dachte sich Sätze aus, die er gern von ihr gehört hätte.

Etwa zwei Wochen nach der radiologischen Untersuchung besuchte Ulrike ihn wieder in der Zelle. Sie knibbelte an ihrer Mappe, fuhr sich durchs Haar: Er solle nicht nervös werden, alles werde gut.

Er war nicht nervös, was meinte sie nur?

Sie sah meinen Stapel bekritzelter Seiten, fragte aber nicht danach. Stattdessen erzählte sie, was geschehen war: Es gebe anscheinend Probleme. Am Mittwoch habe sie den Staatsanwalt angerufen und ihn gefragt, was los sei. Er höre nichts von Icks, habe Kimmling gesagt, und: Was solle er denn machen? Kimmling habe, so Ulrike, keine Lust, die Sache voranzutreiben.

Logisch, dachte ich, er will Heimann eingebuchtet sehen, genau wie ich. Am liebsten bliebe ich hier und schriebe in Ruhe zu Ende, täglich besucht von Ulrike. Sie aber setzt alles daran, Heimann hier rauszuholen.

Mit Kimmlings Erlaubnis habe sie selbst Dr. Icks angerufen. Dem gehe es schlecht, habe sie erfahren, er müsse erneut ins Krankenhaus, wolle das Gutachten vorher zu Ende schreiben, aber die MRT-Aufnahmen von Ingerfeld fehlten.

Das wunderte mich nicht. Wie Ingerfeld drauf war, konnte es sein, dass er die Bilder versehentlich gelöscht hatte.

Nachdem Heimann bei ihm gewesen sei, habe Ingerfeld sofort bei Icks angerufen, erzählte Ulrike. Komisch sei Ingerfeld gewesen, habe wirr gelallt, aber betont, wenn es nach ihm gehe, gehöre Heimann freigelassen, es gebe keinen Zweifel, dass ich eine anarchistische Hand sei.

Ich tappte auf dem Tisch herum.

Die Aufnahmen kämen spätestens am Dienstag per Post, habe Ingerfeld geraunt und aufgelegt, Icks' Rückruf nicht mehr entgegengenommen. Seitdem kein Wort von ihm. Die Bilder habe Icks nicht erhalten.

Heimann lächelte. Es war so schön, wie Ulrike für ihn kämpfte und seine Hoffnung trotzdem aufging: auf ein paar mehr Stunden mit ihr in der Zelle.

Am Tag nach diesem Telefonat mit Icks sei sie deshalb ins Institut gefahren, berichtete Ulrike. Herumgefragt habe sie, wo Ingerfeld sei. Aber eine Mauer des Schweigens umgebe das Verschwinden des Professors. Alles werde gut, beteuerte Ulrike, nur abwarten müsse man jetzt. Bevor Icks die Bilder habe, könne er sein Gutachten nicht zu Ende schreiben, und bevor das Gutachten vorliege, brauche sie eine Haftprüfung nicht zu beantragen. Ob Heimann es noch eine Weile aushalte, hier in der Zelle.

Am vorletzten Freitag war das. Heute ist Sonntag. Seit rund drei Wochen schreibe ich – seit jenem Freitag, an dem Heimann betrunken von Ingerfeld zurückkehrte. Und Heimann ließ mich von Anfang an machen. Mit der Rechten drehte er flugs das volle Blatt um, staunte beschwipst, versorgte mich mit Blättern. Ich schrieb wie im Rausch, bis ich vor Schmerzen nicht mehr konnte.

Auch heute musste ich wieder pausieren, und die Gedanken stürmten ohne mich weiter. Maria tauchte auf, ihr Mann, Icks, Ulrike. Sie zogen vorbei wie Krähen im Nebel. Ließen Heimann in Ruhe, als er ihnen nicht mehr folgte. Als der Nebel sich hob, war nur noch eine Krähe übrig: Ingerfeld. Was hatte der gesagt? Es gebe keinen Willen? Kein Ich, kein Selbst? Weil die Neuronen uns steuerten, auch wenn wir dächten, wir selbst täten das, nur scheinbar frei, in Wahrheit gegängelt? Wie in dem Experiment, von dem er erzählt hatte: Immer sei das Gehirn schon aktiv gewesen, bevor die Versuchspersonen ihren Willen bemerkt hätten. Der folglich nicht frei sei.

Welch seltsames Experiment! Heimann spielte es nach. Als Knopf wählte er einen Fettfleck an der Wand, als Finger den Zeigefinger seiner rechten Hand. Er wartete gespannt, ob der Wille endlich käme: den Fettfleck zu drücken. Doch der Wille blieb aus. Oder kam er doch, von Heimann unerkannt? Woran erkennt man seinen Willen? Schließlich dachte Heimann »Jetzt!«, hob den Finger, und das war's.

Der Schmerz ließ nach, und ich schrieb weiter. Zeile um Zeile floss aufs Papier, bis die Schmerzen zurückkehrten und die Schrift eckig wurde. Wieder pausierte ich, und Heimann machte Versuche. Stellte sich Knöpfe vor, Maschinen und Professoren, rauschende Bärte, gedankenvolle Mienen. Saß als Proband herum, Elektroden am Schädel. Er variierte die Sitzposition, saß mal auf dem Stuhl, mal auf der Tischkante, lehnte an der Wand, kniete auf dem Boden, wechselte die Finger. Vergeblich.

Dann kam wieder Ulrike. Vergangenen Dienstag war das. Oder am Mittwoch? Man verliert das Zeitgefühl, wenn man in einer Zelle hockt, ohne Verpflichtungen, beschäftigt nur mit Mahlzeiten und Hofgängen, bizarren Selbstversuchen und meiner Schreiberei.

Ingerfeld habe einen Zusammenbruch gehabt, berichtete Ulrike, er sei in einer Suchtklinik. Auf unbestimmte Zeit. Das habe sie herausgefunden, nachdem sie nochmal im Institut herumgefragt habe.

Heimann nahm es schweigend zur Kenntnis, Gesicht zur Wand, die Knie am Putz. Sie hatte ihn bei einem seiner Versuche überrascht. Er blieb vor der Wand hocken, denn er wähnte sich vor einem Durchbruch. Außerdem glaubte er, er könne sich auf die Art interessant machen. Ulrike ignorierte sein seltsames Gebaren, plapperte hinter seinem Rücken: Aus dieser Frau Beckers sei nichts herauszubringen gewesen. Aber auch die sei inzwischen etwas umgänglicher, nachdem sie sie ein bisschen unter Druck gesetzt habe.

Heimann konnte sich nicht vorstellen, wie die zierliche Ulrike diese Frau Beckers unter Druck gesetzt haben wollte, die er sich stämmig und resolut dachte.

Ulrike setzte sich auf Heimanns Pritsche. Er sah es im Augenwinkel und versuchte, die Konzentration aufrechtzuerhalten, auf den Fettfleck und sich selbst: Würde er ihn drücken wollen? Gleich? Jetzt?

Ulrike erzählte: Ob denn nicht jemand anderes die Röntgenbilder an Professor Icks schicken könne, habe sie Frau Beckers gefragt. Da habe die sie gemaßregelt: Erstens seien das keine Röntgenbilder, und zweitens dürfe die nur der Professor rausschicken.

Die Konzentration war hin. Willenlos drückte ich den Fettfleck. Mit dem Zeigefinger. Heimann würde später weitermachen, dachte er, dann mit meinem Daumen. Der war an der Reihe.

Ulrike berichtete weiter: Sie könne doch wohl ein paar Bilder rausschicken, habe sie der Beckers vorgehalten. Da habe die gejault, natürlich könne sie das, aber Chefsache sei halt Chefsache. An einen richtigen Kriminalfall lasse der Hauptkommissar sie ja auch nicht ran.

Zornesfalten schienen sich zwischen Ulrikes Brauen graben zu wollen. Sie kamen aber nicht allzu tief. Hübsch fand ich das.

Hauptkommissar, regte sie sich auf. Als wäre sie Polizistin! Der Beckers habe sie gesagt, sie hintertreibe die Ermittlungen, und wenn die Bilder nicht innerhalb von vierundzwanzig Stunden bei Dr. Icks wären, dann hätte sie ein Verfahren wegen versuchter Strafvereitelung in Tateinheit mit vollendeter blasierter Indolenz am Hals. Noch am selben Tag sei Frau Beckers bei Icks in der Praxis erschienen und habe eine CD mit den Bildern abgegeben. Nur sei jetzt wiederum Icks nicht mehr dort. Der bekomme nun doch wieder Chemotherapie, und ob er zurückkehre, wisse sie nicht. Schlimmstenfalls müsse ein anderer Psychiater die Sache übernehmen.

Ich lag auf dem Tisch, draußen war es still. Die Lautsprecher waren ausgeschaltet. Auch sonst war nichts zu hören. Schließlich schaute Ulrike auf ihr Handgelenk, wo keine Uhr war, und meinte, sie müsse jetzt gehen. Sie winkte linkisch und klopfte an die Tür, der Schließer erschien und ließ sie hinaus.

Die Tage verstrichen mit Schreiben und Experimentieren. Ein neuerlicher Großversuch führte Heimann in eine etwa einstündige Bewegungsstarre. Lauernd saß er da, aufs Höchste konzentriert auf etwas, das nicht da war. Gedanken tauchten auf und verschwanden, Atem kam und ging, beruhigend wie Brandung, doch ein Wille blieb fern. Er krümmte seinen Finger, willentlich zwar, doch ohne eine Empfindung dieses Wollens.

Er gab es für diesmal auf, erfolglos, aber seltsam erleichtert. Er freute sich an seiner Zelle. An Tür und Fenster freute er sich, an Pritsche und Tisch, Gerüchen und Geräuschen, an Vogelzwitschern, Motorenlärm, an Stimmen und an Schritten. In verschrobener Seligkeit empfing er Ulrike. Überraschend traf sie ein, kurz vor dem Mittagessen, im Sommerkleid, mit offenem Haar: Er strahle ja so, freute sie sich.

Die Haftprüfung sei terminiert, berichtete Ulrike. Icks gehe es besser, er habe darauf bestanden, sein Gutachten zu Ende zu diktieren, vom Krankenbett aus. Seine Sekretärin habe mit dem Laptop ins Krankenhaus kommen müssen, um ihm die MRT-Aufnahmen zu zeigen und mitzuschreiben. In der Praxis habe die Sekretärin alles ausgedruckt, sei wieder ins Krankenhaus gefahren, und dort habe Icks unterschrieben. Und als das Gutachten an Kimmling gegangen sei, habe die Sekretärin ihr Bescheid gesagt, Ulrike habe es angefordert und Haftprüfung beantragt – fertig.

Ihre Augen leuchteten, blaugrüngrau.

Icks sei jetzt zu Hause und halbwegs arbeitsfähig, am kommenden Montag um elf sei die Haftprüfung.

Heimann traf die frohe Kunde wie ein Schlag. Was sollte er zu Hause? Nur hier kam Ulrike ihn besuchen.

Ulrikes Strahlen verblasste. Sie versuchte, ihr Juristengesicht wieder hervorzukramen, aber es passte nicht mehr und stak ihr schief auf dem Hals. Und Heimann fand seine Stimme nicht. Man folgt nicht leichtfüßig seinem Herzen, wenn es einen gerade erst ins Gefängnis gebracht hat. Lieber tritt man ein Feuer aus, noch ehe es auflodern kann.

Ulrike versuchte ein letztes Lächeln und sagte: Sie könne ja einfach so nochmal nach ihm schauen kommen.

Wenn du wenigstens genickt hättest, Heimann! Wenn du mich losgelassen hättest! Aber du hieltest mich ängstlich fest. Denn ich wollte zu Ulrike.

16

Gar nicht gewusst habe sie, was los sei, ein Wegrennen kleiner Füße habe sie gehört und Christian, der gemurmelt habe, so habe es ja kommen müssen. Das plötzliche Licht habe ihr spitz in die Augen gegriffen und kalt sei ihr gewesen, wo war denn die Decke? Auf dem Boden lag sie. Wie schäbig war die Nacktheit! Ihre wie seine.

Daran habe sie gedacht, seltsamerweise, plötzlich, in diesem Moment: dass sie nicht mehr schön sei, obwohl sie sich noch am Abend so gefühlt habe, als sie sich geliebt hätten. Begehrt hätten sie einander wie lange nicht mehr, Wein hätten sie getrunken und wunderbar gegessen, als Martin schon im Bett gewesen sei, und sie habe gedacht: schwanger wolle sie werden, nochmal, von diesem Mann.

Was das Licht solle.

Der Martin sei da gewesen.

Oh Gott!

Ob sie nicht abgeschlossen habe.

Das sei doch jetzt egal.

Egal, egal! Nichts sei egal!

Kalt sei ihr gewesen, schummrig vom Wein. Wo war denn das Nachthemd? Auf dem Fußboden lag es, versteckt unter der Bettdecke, sie sah es, als Christian nach der Decke langte, nahm es, ging nackt in den Flur. Fast wäre sie gestolpert, als sie den Lichtschein der Lampe verließ, verfangen mit Armen und Kopf im Nachthemd. An ihren Brüsten glitt es herab, als sie ins Kinderzimmer schlich.

Wie schlafend habe Martin dagelegen, zur Wand gedreht, *mein Junge, mein Junge,* und Tränen seien ihr in die Augen gestiegen. Dann war plötzlich alles dunkel. Christian hatte sein Licht wieder gelöscht, sie hörte, wie er schnaufte und sich wälzte, die Tür war noch offen, er suchte den Schlaf. Sie würden sie jetzt nicht mehr abschließen müssen, nie mehr, diese Tür, war das keine Befreiung?

Jetzt sah sie ihn wieder, das Mondlicht wurde stärker, nein, ihre Augen gewöhnten sich an die Dunkelheit. Sie schlüpfte unter Martins Decke. Wie anders roch doch ihr Junge als ihr Mann! Sie wartete einen Augenblick, er rührte sich nicht, dann drehte sie sich zu ihm und legte ihre Hand auf seinen Bauch, sie wusste, er hatte Bauchweh, roch an seinem Haar und war zu Haus. Alles werde gut, sagte sie sich. Bald schlief sie ein.

Am nächsten Morgen sei er vor ihr wach gewesen, das wisse sie bestimmt, weil er ganz reglos dagelegen habe. So reglos liege nicht, wer schlafe, nur einer, der so tue als ob, schreibt sie.

Glücklich sei sie gewesen, die Nase im Haar ihres Jungen, und lächelnd ganz langsam erwacht, mit einer steinernen Schwere im Bauch wie von einem schlechten Traum, und zuerst habe sie sich darüber gewundert und sich gefragt, was sie denn abends gegessen habe. Kalbsrahmschnitzel hätten sie gehabt. Feldsalat mit Walnüssen und Speck. Dann erst sei ihr das nächtliche Ereignis wieder eingefallen, und die Erinnerung habe sich schwer auf ihr Herz gelegt. Weggelaufen wäre sie am liebsten, irgendwohin, wo sie keinen mehr anlügen müsste. Aber hier war ihr Kind. Liegengeblieben sei sie, so still wie ihr Sohn.

Nachgedacht habe sie, hoffend, er stelle sich länger noch schlafend – vielleicht, weil er glaube, sie selbst schlafe noch. Eine Antwort habe sie gesucht, auf eine Frage, die er gar nicht gestellt hatte, denn sie habe gewusst, jetzt müsse sie die Lösung finden, jetzt und allein, sie könne sich nicht erst mit Christian besprechen. Sie könne ihren Jungen jetzt nicht allein lassen, der auf ein Wort seiner Mutter warte. Jetzt müsse sie es finden, solange sie bei ihm liege, ihre Hand auf seinem Bauch, der vielleicht immer noch weh tue, er war so hart.

Und dann habe sie gesagt, er sei jetzt alt genug, sie wolle ihm heute seinen Papa zeigen. Und Martin habe sich zu ihr umgedreht mit großen Augen, da habe sie weinen müssen, denn plötzlich habe sich etwas gelöst in ihr wie ein Ring ums Herz. Wirklich, es sei doch längst an der Zeit, habe sie gedacht, und: wie hätten sie ihm nur so lange seinen Papa vorenthalten können! Bei der Hand habe sie ihn genommen und sei mit ihm in die Küche gegangen, wo der Christian schon am Tisch gesessen habe, angezogen, den Teller voller Krümel, er hatte schon gefrühstückt. Von der Zeitung habe er aufgeschaut wie einer, der sich lustig machen wolle über die

Schlafmützen, die stundenlang nicht aus den Kissen kämen. Aber sogleich habe sein Ausdruck sich gewandelt. In ein Fragen sei er umgeschlagen, ein ängstliches Stieren, denn er habe wohl gesehen, dass etwas auf ihn zukomme, aber nicht geahnt, was. So habe er hinterher zu ihr gesagt, schreibt sie, und: Wie könne er das nicht geahnt haben – nach dieser Nacht?

Dann habe er wieder gelächelt und gefragt, was sie beide denn im Schilde führten, weil er wohl auf einen Streich gehofft habe, denn sie habe so spitzbübisch dreingeschaut, habe er ihr später gesagt. Das ist wohl Wunschdenken gewesen, der Griff nach einem bloß gedachten Grashalm. Die Zeitung habe er zusammengelegt und das Herz sei ihr in die Hose gerutscht, schreibt Dorothee, weil sie nämlich gehofft gehabt habe, dass er begreife, worum es nun gehe. Aber nichts habe er verstanden und immer mulmiger sei ihr geworden, weil sie nun nicht nur Martin, sondern auch seinen Vater überraschen musste.

Kurz habe sie noch überlegt, Christians Schock abzumildern durch die schnelle Ankündigung, sie wolle es Martin jetzt sagen, aber Herz und Zunge waren schneller als ihre Gedanken, und schon habe sie sich sagen hören: Sein Papa, das sei der Christian, nur dürfe das sonst keiner wissen, deshalb hätten sie ihm das nie gesagt. Jetzt aber sei er groß genug, das Geheimnis für sich zu behalten. Und Christian habe sich ein Lächeln abgerungen, wie es kläglicher nicht hätte ausfallen können, schreibt sie.

Immerhin, er habe gelächelt, der Überrumpelung zum Trotz, auch wenn er ihr dabei einen bösen Blick zugeworfen habe. Nur er könne das: zugleich lächeln und böse schauen. Das Lächeln sei nach und nach herzlicher geworden, aber wie der Martin geschaut habe, habe sie nicht sehen können, weil er ja dicht vor ihr gestanden habe, wie schutzsuchend, den Rücken zu ihr, mit ihren Händen auf seinen Schultern.

Der Junge habe es gar nicht fassen können, habe Christian ihr hinterher erzählt. Verständnislos habe er geschaut, als frage er sich, was mache denn die Mama für Witze? Gemustert habe er ihn ernst und wie prüfend. Und dann habe sein Gesicht sich verändert und einen Ausdruck angenommen, wie er ihn nie zuvor an dem Jungen gesehen gehabt habe. Nicht einmal wütend habe er ausgeschaut oder, wie sonst so oft, traurig; sondern verschlossen und ausdruckslos. Wie ein Rollladen, der herunterrassle, sei das gewesen.

Martin sei einfach gegangen, schreibt Dorothee, ohne ein weiteres Wort auf sein Zimmer, und Christian kurz darauf hinterher. Da habe sie frohlockt und geglaubt, jetzt fänden die beiden neu zueinander. Aber schon bald sei der Christian wiedergekommen und habe gemeint, der Martin spiele und nehme keine Notiz von ihm.

Der Tag sei fast gar nicht vergangen. Nur das Nötigste hätten sie beide gesprochen und einander belauert, sich gegenseitig, beide den Jungen und er gewiss auch sie. Erst abends, beim Lesen der Gutenachtgeschichte, habe sie das Thema wieder angesprochen und ihn gefragt, ob er sich freue, seinen Papa nun zu kennen. Aber Martin habe mit den Schultern gezuckt und sich zur Wand gedreht. Da sei sie ärgerlich geworden und gegangen. Nicht einmal gute Nacht habe sie gesagt. Erst später habe sie das nachgeholt, da habe er geschlafen oder so getan. Ob er es gehört habe, wisse sie nicht.

Heimann erinnert sich nur schemenhaft an jene Tage, an die gedrückte Stimmung, in der alles scheinen wollte, als wäre es wie immer, und in der doch nichts mehr so war wie vorher. Seine Erinnerung ist voller dunkler Flecken, er traut ihr nicht recht, da er oft nicht sicher ist, was Erinnerung ist und was nur ein Bild, das die Lektüre der mütterlichen Tagebücher in seinen Geist gemalt hat. Nur in seltenen Momenten gelingt es ihm, neben sich zu treten wie ein Gespenst, hinabzusinken in einen merkwürdigen Dämmerzustand und zu fühlen wie der Junge, der er einst war.

Hinterher weiß er darüber nichts zu sagen. Die Erinnerung ruht wie auf sandigem Meeresgrund, und Wörter reichen nicht heran. Wie ungeschickte Hände sind sie, verscheuchen, was sie ergreifen wollen. Er kann von dort unten nichts mitnehmen. Er muss die Dinge liegenlassen, bis sie von selbst aufsteigen.

Sie sei wütend auf Martin gewesen, schreibt Dorothee, weil er in den nächsten Tagen so bockig gewesen sei, grantig und verschlossen, er habe kaum ein Wort gesagt, aber gezetert und geweint bei nichtigsten Anlässen, einmal sogar nach ihr getreten, und ihr sei lange nicht klargeworden, dass ihre Wut nur aus ihrer Trauer gekommen und Wut auf sich selbst gewesen sei, weil sie so lange in der Lüge gelebt habe, aber was hätte sie tun sollen? Nun habe sie ja immerhin versucht, reinen Tisch zu machen. Aber danken tue er's nicht. Wie versteinert sei er, spreche nicht mehr, weder mit ihr noch mit Christian, und fast sei es, als habe sie den Jungen verloren, dabei habe er doch seinen Vater gewonnen.

Gewonnen hatte er nichts, stattdessen doppelt verloren: seinen Freund und seinen Traum – den Traum von einem Vater, der auf Bäume klettert, auf Pferden reitet, über Meere segelt und Goldschätze findet; der mit ihm Abenteuer erlebte und ihn mitnähme in das geheimnisvolle Land, in dem er so lange gewesen war, fern von ihm und seiner Mutter. Und fern von Christian, seinem großen Freund, der jetzt kein Freund mehr war, sondern angeblich sein Vater, den er geheim halten und verleugnen musste.

Im Kindergarten frage man, was mit dem Jungen los sei, schreibt Dorothee in dieser Zeit. Die Kindergärtnerinnen hätten gesagt, Martin sei immer so helle gewesen, jetzt sei er ganz anders, gar nicht vorstellbar sei, dass er ab Sommer zur Schule gehe, allenfalls auf die Sonderschule könne man ihn schicken, er spreche ja nicht mehr. Und der Kinderarzt habe gesagt, der Junge müsse ein einschneidendes Erlebnis gehabt haben, was denn passiert sei? Nichts, habe sie gesagt und sei rot geworden, der Arzt habe die Stirn gerunzelt, und Martin habe stumm aus dem Fenster geschaut, schreibt Dorothee. Der Arzt habe auf Martin eingeredet: Er wolle doch sicher in die Schule, alle Kinder wollten das, und nicht nur wegen der Schultüte, sondern weil es so viel zu lernen gebe, so Vieles und Schönes, was Eltern nicht erklären könnten. Nur Lehrer könnten das, deshalb gebe es die Schule, und er sei doch so ein schlauer Junge und wolle doch sicher da hin. Aber Martin habe nur aus dem Fenster geschaut, wo man gar nichts habe sehen können, nur die Vögel, die der Kinderarzt in einer Voliere hielt und die der Martin immer so gerne beobachtet habe. Hindurchgeschaut habe er jetzt aber durch sie.

Auf dem Nachhauseweg, auf dem sie ihren stummen Sohn ärgerlich hinter sich hergezogen habe, sei der plötzlich stehengeblieben. Erst habe sie versucht, ihn weiterzuzerren, dies aber sofort wieder aufgegeben, teils wegen der Leute, teils weil sie erschreckt gemerkt habe, wie stark Martin schon sei. Was denn sei, habe sie gefragt, und er habe, ohne sie anzusehen, in das Schaufenster der Buchhandlung gezeigt. Da seien

Schultüten gewesen: eine blaue, eine rote, eine gelbe, eine grüne. Auf die grüne Tüte habe er gezeigt, mit einem Motiv aus Hänsel und Gretel, und bestimmt sei ein Lächeln unbändiger Freude über ihr Gesicht gehuscht, schreibt sie, das sie dann aber unterdrückt habe, sich dumm stellend, um, wie sie schreibt, den Jungen nun zu packen.

Was er denn meine, sie verstehe ihn nicht, und er habe nur wieder stumm gezeigt. Ja, da seien Schultüten, habe sie gesagt, und das Herz habe es ihr fast zersprengt, als er sie angeschaut, aber immer noch keinen Ton gesagt habe. Abwenden habe sie sich müssen, mit Tränen in den Augen, weil er partout nichts gesagt habe, nur geschaut und mit dem Finger gewiesen. Weitergezerrt habe sie ihn dann nach Hause wie daraufhin jeden Tag bis zum Ende der folgenden Woche. Denn jeden Tag seien sie nun an der Buchhandlung vorbeigegangen, obwohl das nicht notwendig gewesen sei, aber sie habe immer einen Vorwand gefunden, und jeden Tag habe die Szene sich wiederholt, bis Martin endlich, am Freitag der folgenden Woche, als sie gerade zu Hause angekommen gewesen seien und die Schuhe ausgezogen hätten, gesagt habe, was er wolle. In einem kurzen klaren Satz: Er wolle eine Schultüte.

Ob er denn in die Schule wolle, habe sie ihn da gefragt.

Ja.

Dass er da aber reden müsse.

Ja.

Ob er das dann tue.

Ja.

Da sei sie mit ihm zurückgelaufen zur Buchhandlung. Vor Aufregung habe sie vergessen, ihre Schuhe anzuziehen, und sie habe ihm die grüne Schultüte gekauft und sei mit ihm wieder nach Hause gelaufen – in Strümpfen. Und daran kann Heimann sich sehr genau erinnern, und zwar von selbst und nicht durch das Lesen: an das grüne Schimmern der Schultüte und Dorothees Füße in den Strümpfen, denn im Laufen hat er nach unten geschaut und gelacht.

17 Widerwillig folgte Heimann einem Wärter. Durch den Flur und das Treppenhaus ging's hinaus auf den Hof. Was sollte er tun? Dem Wachbeamten die Mütze vom Kopf hauen, um wieder zurück in die Zelle zu dürfen? Auf dem Flur des Amtsgerichts wegrennen, an Ulrike vorbei, zum Fenster hinaus, um auf dem Oberbilker Markt wieder festgenommen zu werden? Ach, Ulrike! Er mag dich ja nicht deiner juristischen Kniffe wegen, sondern weil du so schaust, wie du schaust.

Schon von Weitem sah er Ulrike auf dem Flur stehen. Auch Kimmling war schon da, mit schlechter Laune. Es hatte geregnet, er war nass geworden und nieste. Man stand herum und plauderte gezwungen. Das Gespräch stockte und erstarb.

Heimann sah aus dem Fenster. Auf der Scheibe glitzerten Wassertropfen. Sie spiegelten uns zahllos. Myriaden von Kimmlings, Kuhnts und Heimanns standen auf Tausenden Fluren herum und wussten nicht, was sagen. Dann gingen Millionen von Türen auf und Millionen bärtige Bucksteegs steckten ihre kahlen Köpfe aus Verhandlungszimmern und baten uns herein. Heimann wandte sich um, und alle waren nur noch einmal da – alle außer Icks.

Ohne seinen Gutachter betrat Heimann das Verhandlungs-
zimmer. In einer Ecke saß ein blasser Beamter. Er schaute zu,
wie wir Platz nahmen, Kimmling vorne links, Ulrike und
Heimann vorne rechts. Der Beamte tippte etwas in sein Notebook. Ich beneidete diesen Mann. Er konnte schreiben. Ich
hatte weder Stift noch Papier.

Kimmling machte sich Notizen, Ulrike blätterte in Unterla-
gen, Bucksteeg sah unordentlich aus. Den Schlips trug er über
der Robe. Er schob Akten hin und her, nahm sein Hörgerät
aus dem Ohr, setzte es wieder ein und ruckelte daran herum.
Dann friemelte er seinen Schlips unter die Robe. Schritte
nahten, die Tür ging auf. Icks entschuldigte sich für sein Zu-
spätkommen.

Bucksteeg nickte und rasselte herunter, worum es ging: In
der Strafsache Heimann habe die Verteidigung die Verfahrenseinstellung beantragt, da ein dringender Tatverdacht
nicht bestehe. Nicht der Beschuldigte, sondern dessen Hand
habe die Tat begangen, gegen dessen Willen. Der Beschuldigte
leide an einer Nervenkrankheit. Hierzu liege dem Gericht
ein Gutachten des Sachverständigen Herrn Professor Icks vor.
Der Gutachter habe das Wort.

Icks erhob sich.

In der Tat leide Herr Heimann am sogenannten »anarchic
hand«-Syndrom, AHS, begann er. Die Symptomatik bestehe
darin, dass eine Hand des Patienten nach Dingen in dessen
Gesichtsfeld greife, unabhängig vom Willen des Patienten.
Zum klassischen Erscheinungsbild des Syndroms gehöre der
sogenannte »intermanual conflict«: Mit seiner zweiten Hand
versuche der Patient, das Tun der anarchistischen Hand zu
unterbinden. Ursächlich für das Syndrom seien Läsionen im

Cortex. Bei Heimann sei der frontale Cortex beeinträchtigt, genauer gesagt, die supplementärmotorischen Areale, die SMA. Diese spielten bei der Ausführung von Bewegungen eine Rolle.

Icks zeigte auf seinem Schädel, wo die Areale ungefähr säßen. Auch der Protokollbeamte tastete sich auf dem Kopf herum. Dann klapperte er wieder mit den Tasten. Zwischendurch starrte er mich an.

Die SMA wirkten mit dem lateralen, prämotorischen Cortex zusammen, dem PMC, erläuterte Icks. Die SMA speicherten und organisierten Handlungen, die von inneren Impulsen motiviert und gesteuert seien, also vom Willen des Patienten. Der PMC verarbeite Bewegungsroutinen in Reaktion auf externe Stimuli, zum Beispiel auf Anblicke.

Icks sah grauenvoll aus. Sein Anblick stimulierte meinen PMC zur Auswahl der Bewegungsroutine »umarmen«, aber Icks stand zu weit weg.

Im gesunden Gehirn, erklärte Icks, bewirke das Zusammenspiel beider, dass externe Stimuli und innere Antriebe miteinander abgeglichen würden. Im Ergebnis könne der Mensch tun, was er tun wolle. Seien die SMA lädiert, gewinne der PMC die Oberhand. Extern Stimuliertes würde automatisch ausagiert, ungefiltert durch die SMA.

Die Rechnertasten des Protokollbeamten klapperten. Er schien mehr zu tippen, als gesprochen wurde.

Bei Herrn Heimann seien die SMA auf der rechten Seite lädiert, deshalb agiere seine linke Hand anarchisch.

Icks verstummte und rang nach Luft. Der Protokollant brachte ihm ein Glas Wasser. Icks hielt das Glas mit beiden Händen, trank wie ein Kind. Der Beamte eilte zurück zu seinem Notebook.

Icks fuhr fort: Ursächlich für die Läsionen seien in der Regel Schlaganfälle, Aneurysmen oder Infektionen. Im Falle des Herrn Heimann sei es anscheinend eine vorübergehende Vorstufe eines Schlaganfalls, eine sogenannte transitorische ischämische Attacke gewesen. Aus gutachterlicher Sicht sei eindeutig, dass Herr Heimann infolge des Syndroms nur eingeschränkt steuerungsfähig sei, was seine linke Hand betreffe.

Ulrike erschrak, als ich ihr den Kugelschreiber entriss. Ich bekritzelte die Tischplatte. Heimann schnappte nach mir, entwand mir den Stift.

Ein typischer »intermanual conflict«, kommentierte Icks und nahm Platz.

Bucksteegs Magen rumorte. Mit einem Nicken erteilte er Ulrike das Wort. Heimann schnupperte an meinen Fingern. Sie waren Ulrike so nahe gewesen.

Das Gutachten zeige, dass ihr Mandant keineswegs schuldunfähig sei, stellte Ulrike klar. Herr Heimann sei zum Tatzeitpunkt nicht etwa unfähig gewesen, das Unrecht der Tat zu erkennen, ganz im Gegenteil habe er gemäß dieser Einsicht gehandelt, indem er mit seiner Rechten versucht habe, die Tat zu verhindern. Begangen habe diese nicht er, sondern seine linke Hand. Insofern gebe es vorliegend zwar eine Tat, aber keinen Täter.

Na ja, dachte ich.

Von einem dringenden Tatverdacht könne also keine Rede sein, ein Haftgrund bestehe nicht. Sie beantrage, das Verfahren nach § 170 Abs. 2 StPO einzustellen. Der Haftbefehl sei aufzuheben, ihr Mandant freizulassen.

Heimann käme frei! Und dann? Keine Besuche in der Zelle, keine Treffen mit Ulrike. Aus und vorbei.

Der Beamte tippte nicht mehr. Mit den Fingern klimperte er auf dem Pult herum. Richter Bucksteeg bat Kimmling um dessen Stellungnahme.

Klimmling flötete Perfides: Was beweise denn, dass Herr Heimann zum Tatzeitpunkt nicht doch selbst gehandelt habe? Und dass ihm die Hand dabei nicht zu Willen gewesen sei? Wie man sehe, sei diese Hand nicht fortwährend rebellisch, sondern nur dann und wann. Wer sage, dass sie zur Tatzeit nicht gefügig gewesen sei? Ebenfalls könne sein, dass Herr Heimann das Syndrom bei Tatbegehung bloß gespielt habe, dass er es also gezielt zur Tarnung seiner Straftat eingesetzt habe.

Icks schüttelte unwillig den Kopf. Ulrike blühte auf: Das seien ja lustige Ideen des Herrn Staatsanwalt, die vielleicht für einen Roman taugten, nicht aber für eine weitere Inhaftnahme ihres Mandanten. Die Annahme, ihr Mandant habe sein Leiden zur Tatzeit nur vorgespielt, sei abenteuerlich. Zudem sei es nach wie vor abwegig anzunehmen, ihr Mandant hätte Frau Gaßdorf mit nur einer Hand würgen wollen, da er doch zwei Hände habe. Im Übrigen treffe diesbezüglich den Herrn Staatsanwalt die Beweislast, nicht ihren Mandanten.

Bucksteeg schlug auf den Tisch, der Beamte tippte, was der Richter beschloss: Aufhebung des Haftbefehls, Freilassung Heimanns.

Der Richter grüßte wortlos und verschwand durch eine Hintertür, seinen Protokollanten im Schlepptau. Kimmling gratulierte Ulrike und verabschiedete sich. Wo war Icks?

Auf dem Flur stand Heimanns Chef, Ulrikes Bruder. Er freute sich kurz, dann klagte er lange sein Leid: Immer dümmer würden die Studenten, immer mehr würden zugelassen und könnten kaum lesen, Heimann solle sich vorstellen: Er habe Leistungsnachweise für Stundenprotokolle ausgeben müssen, um nicht unter Bergen schlechter Seminararbeiten zu ersticken. Und was hätten die Studis da gemacht? Gefilmt hätten sie ihn! Was solle er jetzt machen?

Für Leistungsnachweise Hausarbeiten verlangen, dachte ich, aber Heimann sagte nichts.

Hinzu kämen Heimanns Studenten, jammerte Kuhnt: Nahezu täglich stünden welche bei ihm und fragten, wann er wiederkomme. Eine etwas ältere sei mehrmals bei ihm gewesen. Sie müsse Heimann sprechen, es gehe um einen Verlagsvertrag. Er habe ihr den heutigen Termin verraten, sehe sie aber nirgends.

Kuhnt, der Quasselkopf! Welche Studentin? Heimann hatte keine Idee, wer das sein sollte. Und was er mit einem Verlagsvertrag zu tun haben könnte, war ihm ebenfalls schleierhaft. Aber das war jetzt egal. Ulrike war wichtig. Wenn nur ihr Bruder endlich verschwunden wäre.

Nervös stieg Heimann mit ihr die Treppe hinab. Auf dem Vorplatz würde er sie ansprechen.

Auf dem Vorplatz wartete die »Studentin«, durchbohrte Ulrike mit klingengleichem Blick, umsäuselte Heimann mit glitzernden Worten: Sie habe ihn vermisst. Ihr Mann sei außer sich, wüte im Haus, zerschlage Porzellan, wenngleich nur das billige, das sei wieder typisch. Sie brauche Heimanns Hilfe.

Heimann versteinerte. Das Unglaubliche lähmte ihn: wie traulich Maria tat, wie behänd sie überging, was geschehen war. Sein Herz verschloss sich wie ein Auge in der Sonne. Wie ein Baum stand er da, dem es egal ist, welche Viecher auf ihm rasten, was sie schwatzen, pfeifen, tun.

Ich hob einen Finger, zeigte auf Ulrike. Aber sie war schon verschwunden.

18

Hatte ich deswegen zugegriffen? Weil Heimann wie sein Vater war? Weil er den Fehler seines Vaters nicht wiederholen durfte?

Seine Mutter hatte ein zweites Kind gewollt, am liebsten ein Mädchen. Darüber hatten seine Eltern oft gestritten, zuerst im Verborgenen, später auch vor Martin. Mehrmals platzte er in einen solchen Streit hinein oder bekam ihn im Vorbeigehen mit – Diskussionen, die ohne Geschrei auskamen, ihr Thema aber behielten, und denen auch der Sechsjährige anspürte, dass sie unheilvoller waren als andere. Reiche nicht ein gesunder Junge, fragte dann sein Vater, oder er meinte: Es sei doch mit Martin schon gefährlich genug. Und seine Mutter meinte: Alles wäre mit zweien viel leichter, Martin hätte ein Geschwisterkind, mit dem er das Geheimnis teilen könnte.

Martin fragte sich im Stillen, was er falsch mache, dass er einerseits nicht reiche, andererseits eine Gefahr sei. Behielt er nicht brav das Geheimnis für sich?

Einmal stritten sie besonders heftig. An einem Sommertag war das, kurz vor Martins Wechsel aufs Gymnasium. Seit ein oder zwei Wochen waren sie von der Ostsee zurück, verfrüht heimgekehrt aus dem einzigen Familienurlaub, den sie jemals zu dritt gemacht haben. Die Mutter war erkrankt, die Eltern hatten auch im Urlaub nur gestritten. Es war der Tag vor Martins Abreise. Seine Koffer waren gepackt. Ins Internat sollte er fahren, von seiner Mutter begleitet, denn aufs Gymnasium würde er nicht im Nachbarort gehen, sondern in einer anderen Stadt, wo die Landschaft anders aussah und die Menschen anders sprachen. Das würde nichts machen, hatte seine Mutter gesagt, denn in dem Heim, zu dem die Schule gehörte, lebten Kinder und Jugendliche aus allen Teilen des

Landes, keines von denen kenne einen anderen Dialekt als den eigenen, sie würden einander schon verstehen.

Der heftige Streit schien mit ihm zu tun zu haben. Denn davon sprachen sie: dass er morgen abreisen würde, dann wären sie allein miteinander. Nur dass sie diese Tatsache unterschiedlich werteten, und der eine konnte vom andern nicht fassen, dass er aus Gleichem andere Schlüsse zog.

Der Tag war heiß. Martin saß im Garten auf der Schaukel. Höher und höher schaukelte er, tiefer und tiefer hinein in das Blau des Himmels, seine Füße voran, die in Sandalen steckten und vor seinen Augen durch das Grün des Gartens sausten, über Rasen, Büsche und Bäume hinweg, hinein in den Himmel, in dessen Blau sie am höchsten Punkt steckenzubleiben schienen und aus dem sie zurückfielen durch das Baum-Busch-Rasen-Grün und unter der Schaukel hindurch, bis der Kopf im Himmel steckte, um von dort zurückzurasen, den Füßen hinterher. Der Horizont schwankte, die Welt schien zu schaukeln, war grün und blau, blau und grün. Martin genoss das Kribbeln im Bauch, das immer anstieg, wenn er fiel – von Himmel zu Himmel.

Durst bekam er, lief ins Haus. In der Diele blieb er stehen. Das tat er immer, wenn er im Sommer von draußen hereinkam: um die Kälte zu spüren, die aus dem Steinboden griff. Dann starrte er in die Dunkelheit, wo Schleier vor seinem Blick flimmerten, bis die Augen sich an den Lichtmangel gewöhnt hatten und Umrisse hervortraten: das Geländer der Holztreppe, die als eckige Spirale hochführte, die Türen aus dunklem Holz, das gefilterte Licht des Himmels, das selbst an sonnigen Tagen nur spärlich in die Diele fiel, durch ein Oberlicht im Dach, das vom Staub der Jahre getrübt war, von Moosen, Flechten und Vogelkot.

Die Diele war sein Walfischbauch. Hier war er Jona. Von hier versuchte er zu entkommen, hinauf ans Licht: Es schimmerte über dem Maul des großen Fisches, die Treppe war dessen glitschiger Schlund. Wasser und Krill strömten herab, Heringe, Schiffsmasten, tote Matrosen. Sie rissen auch Martin mit sich in die Tiefe. Walfänger würden kommen, das Untier erlegen und ihn befreien. Wenn sie den Bauch des Wals aufschlitzten, blendete das Licht. Er hörte, wie sie den Wal auf die Schiffsplanken hievten.

Dann hörte er seinen Vater. Er war der Kapitän. Er brüllte: Es sei doch alles geregelt, was fange sie wieder damit an?

Etwas klappte nicht mit diesem Wal, die Schiffsleute riefen. Das massige Meerestier rutschte von den Planken, knickte Masten, zerschmetterte Boote, erdrückte Matrosen. Andere fielen ins Wasser und ertranken. Nur ein einziger Matrose war übrig. Und Martin. Er hockte jetzt nicht mehr im Wal. Er war der Kombüsenjunge, kletterte die verbliebenen Schiffswanten hinauf, am Treppengeländer empor, zum ersten Stock, wo die Eltern einander anschrien. Dort lehnte er sich in den Sturm.

Alles verliere sie an ihn, weinte drinnen der letzte Matrose; seit sie ihn kenne, sei das so. Alles nehme er ihr weg.

Was denn, schrie der Kapitän: Was nehme er denn?

Alles, weinte der Matrose, den Martin wolle sie behalten.

Dem Kombüsenjungen war unwohl in der Höhe, er hielt Ausschau nach einem Rettungsboot. Er wollte den weinenden Matrosen mitnehmen, am liebsten auch den Kapitän, aber wie, wenn sie sich stritten?

Begreife sie nicht, rief der Kapitän, es sei zu gefährlich, wenn Martin hierbleibe, gefährlich für sie beide und den Jungen selbst.

Das Schiff geriet in Schieflage. Der Sturm zerfetzte die Segel. Der Kombüsenjunge flüsterte Gebete, kletterte aufs Deck zurück. Rutschte aus auf Blut und Innereien, fiel in das Maul des Wals, der tot auf dem Deck lag, trüb glotzte, nichts verstand.

Der Kapitän wütete: Sie solle sich nicht so aufspielen. Sie alle litten in dieser Lage, der Junge am allermeisten. Ein Geheimnis müsse er wahren, das er täglich vor Augen habe. Platzen müsse er. Davor wolle er ihn bewahren. Im Internat könne er Ruhe finden.

Auf dem Walfänger brach ein Feuer aus. Das Schiff kenterte und sank, zog den Wal mit sich in die Tiefe. Der Kombüsenjunge schwamm an Land. Martin hatte keine Lust mehr zu spielen, lief zurück in den Garten, suchte Eidechsen, fand Schmetterlinge. Was er gehört hatte, ergab ein Bild. Es erklärte, warum seine Mutter so traurig war, dass sie kaum noch das Bett verlassen konnte: Sie wollte nicht, dass er abreiste. Sie behielte ihn lieber bei sich. Sie fürchtete sich vor dem Abschied. Genau wie er.

Abends brachte der Vater ihn zu Bett. Der Mutter gehe es schlecht. Er las ihm vor aus der Bibel: das Buch Jona. Auch am Frühstückstisch fehlte die Mutter. Der Vater hatte den Tisch gedeckt, Martin sah das sofort, der Tisch sah dann anders aus. Wurst und Käse lagen eingepackt auf dem Tisch, Tomate und Gurke waren nicht aufgeschnitten. Die Mutter sei krank und könne ihn nicht ins Internat bringen, er werde das tun.

Martin weinte beim Abschied. Die Mutter war aufgestanden, umarmte ihn, wirkte abwesend. Sie stand im Morgenrock an der Tür, winkte. Der Vater schwieg. Dann fuhren sie los.

Ein paar Wochen später fand er sie. Martin war aus dem Internat abgehauen. Er hatte bei seiner Mutter sein wollen.

Angst hatte ihn getrieben, die Mutter vermisse ihn und werde darum nicht gesund, er sei schuld an ihrer Krankheit.

Er ahnte, dass sein Vater nicht zu Hause sein würde, er war immer viel unterwegs in der Gemeinde. Martin wusste, unter welchem Stein der Schlüssel lag. Er fürchtete, dort auf Spinnen zu stoßen. Es waren keine da, stattdessen Asseln und Regenwürmer. Immer ängstigte er sich vor Dingen, die nicht eintrafen, stattdessen geschahen Sachen, an die er nicht gedacht hatte, wie überhaupt alles, was er sich im Vorfeld vorstellte, am Ende anders war: Der Vater war anders, als er ihn sich ausgemalt hatte, das Internat sah anders aus, die Mitschüler waren anders, die Ostsee war anders. Jetzt war auch die Mutter anders.

Er hatte sie überall gesucht. Gerufen hatte er, in alle Zimmer geguckt, war die Treppe hinauf- und wieder herabgelaufen, und auch im Garten hatte er nachgeschaut. Er sah sie erst, als er wieder in der Diele stand, im Walfischbauch, unter dem Oberlicht, unter dem er sich so gern drehte und aus dem der Himmel rieselte wie die Sonne ins Meer. Hier drehte er sich oft, bis ihm schwindelte und er fiel. Es war so schön hier, im Bauch des Wals, in der Kühle des Flurs, die ihn packte und hielt und entließ in den Garten.

Er fand sie erhängt am Geländer, im Treppenhaus oben, kurz unter dem Licht. Ist es kindliche Fantasie, die ihn narrt? In seiner Vorstellung dreht sie sich wie ein Blatt am Strauch in einem Windhauch, der nicht da sein konnte, weil kein Fenster geöffnet war. Es sei denn, Martin hätte den Wind selbst gemacht, als er auf der Treppe an seiner Mutter vorbeigerannt war, ohne sie zu sehen. Er hatte nur auf die Stufen gesehen und auf seine Füße. Das musste man, wenn man diese Treppe hinauf- oder hinabbrannte, um nicht zu stürzen.

Ihr Genick war ganz geblieben, denn der Knoten war stümperhaft. So erzählte man es später im Dorf. Auch Martin hat man das erzählt. Immer finden sich Menschen, die Dinge erzählen. Meist sind es jene, die ohnehin immer reden und über alles Bescheid wissen, auch über Todesfälle, besser als die Polizei oder ein Arzt.

Die Schlinge hatte sich nicht richtig zuziehen können. So knotete man keine Schlinge, und das war vielleicht das stärkste Indiz für einen Selbstmord, habe die Polizei gesagt, sagten ihm Jahre später die Leute, denn ein Mann hätte das ganz anders gemacht. Ein Mann hätte einen richtigen Knoten gemacht, sodass die Schlinge sich ruckartig zugezogen hätte und das Genick gebrochen wäre, statt dass man erstickte. Aber bei ihr sei das Genick ja heil gewesen, also sei klar, dass das kein Mann gewesen sei. Und eine Frau hätte nicht die Kraft gehabt, sie da hochzuhieven gegen ihren Willen, also müsse sie es selbst gewesen sein.

Als Waise galt er jetzt. Man schickte ihn zurück ins Internat. Die Großeltern brachten ihn hin, denn die Polizei hatte befunden, das Kind sei hier fehl am Platz. Die Feststellung war so zutreffend wie verspätet, denn das Letzte, was Martin sah, bevor ihn irgendwer davonzog, waren Männer in dunklen Anzügen, die einen Sarg brachten, in dem seine Mutter abtransportiert werden sollte, und gesehen hatte er bis dahin seine Mutter, wie sie da hing, seine Mutter, die abgenommen wurde, und seine Mutter, die den Männern entglitt und auf den Steinboden fiel wie ein Ding.

Erst später gewann er die Überzeugung, dass sie es nicht selbst gewesen sein könne. Die Tagebücher brachten das entscheidende Puzzlestück, aber nicht während der ersten Lektüre. Dabei lag dieser Schluss so nahe. Die Puzzleteile lagen so dicht beieinander, er musste sie nur zusammenfügen. Er sah das Offensichtliche nicht – als wollte ihn etwas davor schützen. Jahre später hob sich der Schleier.

Im allerletzten Eintrag stand es. Zuvor hatte die Mutter fast gar nicht mehr geschrieben. Mag sein, dass das daran lag, dass sie viel zu tun hatte oder kein Mädchen mehr war, das seine Gefühle sezierte. Als Mutter schrieb sie fast nur noch über Martin, über ihren Wunsch, ein zweites Kind zu bekommen, und immer wieder darüber, dass sie gestritten hätten, der Christian und sie, weil der Christian dagegen sei. Sie habe ihm noch gar nichts gesagt, schreibt sie zuletzt, und dass es vielleicht besser sei, ihm erst etwas zu sagen, wenn nichts mehr zu ändern sei. Das aber sei ja beinahe wie lügen.

Jahre später fügte sich eines zum anderen. Nachts lag Heimann wach, las in den Tagebüchern. Schlussfolgerte: Sie war nicht selbst da hinaufgegangen. Es reimte sich nicht mit ihrer Schwangerschaft. Wer ist dem Tode denn ferner als jene, die Leben geben wollen? Es passte nicht. Dies passte: dass jener letzte Streit, den er gehört hatte, so hart gewesen war; dass zu Martin, den man ins Internat stecken und so als Zeitbombe entschärfen wollte, eine zweite Zeitbombe hinzukommen sollte; und dass sie das dem Christian also doch schon gesagt hatte.

Heimann wollte diesen Gedanken ersticken, den unerwünschten Keim durch Missachtung verdorren lassen. Nie verdorrte er ganz, immer blieben Bilder: Hände, die sich um Hälse legten, und die Hälse waren nur einer und die Hände immer dieselben. Und darum fühlt er sich schuldig, obwohl er nichts getan hat: weil diese inneren Bilder wieder auftauchen, von Händen, die er nicht erkennen will, weil sie mir so sehr gleichen und weil der, dem sie gehören, ihm so ähnelt, sowohl dem Wesen als auch der Lage nach, in der er sich befunden hat, als auch hinsichtlich dessen, was diese Hände tun, auch wenn Heimann es nicht gesehen, sondern sich immer nur vorgestellt hat: dass sein Vater es getan habe.

19 Er ist also wieder zu Hause, schaut aus dem Fenster, wo Hinterhofbäume ihr Laub herzeigen, sich im Wind wiegen, mit Blattspitzen den Himmel kitzeln und Mauerseglern winken. Die ihm früher nicht aufgefallen sind und ihn jetzt schlucken lassen. Weil sie ihn an die Haft erinnern.

Er vermisst Ulrike. Denkt an Ingerfeld. An die Versuche, von denen er erzählt hat. Fragt sich: Was es heißen solle, wir seien vorherbestimmt? Was es bedeute, kein Ich zu haben, kein Selbst, keine Seele und keinen freien Willen? Grübelt: Warum er eine Empfindung nicht kennt, die andere, scheint es, auf Knopfdruck haben können? Wähnt darum, er wisse nicht, was »wollen« wirklich heiße. Und fragt sich verwirrt, wie es so wehtun könne, Ulrike zu wollen, ihr Lachen, ihr Reden, ihr Schauen, ihr Haar?

Wenn er ihr Lachen hätte! Es hören könnte! Er hat aber nur die Kanzleiadresse. Und die Kanzleitelefonnummer. Einmal rief er an. Man sagte ihm, sie sei nicht da. Ob krank oder verreist, fragte er nicht. Weil er zu perplex war, nicht sie zu hören, sondern irgendwen anders, der gereizt klang. Nachdem Heimann zwei Stunden neben dem Telefon gesessen, mehrmals den Hörer abgenommen, die Nummer gewählt und doch wieder aufgelegt hatte, damit die Leitung frei sei, falls Ulrike ihn anrufe.

Natürlich rief sie nicht an. Sie hatte ja geschrieben. Schreiben lassen. Förmlich, als Anwältin. Gleich nach dem Einstellungsbescheid der Staatsanwaltschaft kam dieser Brief. Vom erfolgreich abgeschlossenen Verfahren war darin die Rede. Von Heimanns Haftentlassung. Und von der beiliegenden »Kostennote«, um deren »gelegentlichen Ausgleich« vornehm gebeten wurde. Unterzeichnet hatte nicht sie selbst, sondern ein Kollege, im Auftrag. Das Verfahren war aus, und von Ulrike blieb Heimann nur ein kleiner Stapel Schriftsätze. Sie hatte sie immer in die Zelle mitgebracht. Jeder Schriftsatz hatte ein Vorblatt mit einem kurzen Brief.

Er kramte die Blätter hervor, suchte versteckte Botschaften, Zeichen von Zuneigung: »Sehr geehrter Herr Heimann, in vorbezeichneter Angelegenheit überreichen wir Ihnen anliegend unseren heutigen Schriftsatz bezüglich Ihrer psychiatrischen Begutachtung zwecks Kenntnisnahme und Verbleib, mit freundlichen Grüßen, Ulrike Kuhnt, Rechtsanwältin.« »Sehr geehrter Herr Heimann, in vorbezeichneter Angelegenheit überreichen wir Ihnen anliegend unseren heutigen Schriftsatz bezüglich Ihrer neuroradiologischen Begutachtung zwecks Kenntnisnahme und Verbleib, mit freundlichen Grüßen, Ulrike Kuhnt, Rechtsanwältin.« »Sehr geehrter Herr Heimann, in vorbezeichneter Angelegenheit überreichen wir Ihnen anliegend unseren heutigen Antrag auf Verfahrenseinstellung gemäß § 170 Abs. 2 StPO mit der Bitte um Kenntnisnahme und Verbleib, mit freundlichen Grüßen, Ulrike Kuhnt, Rechtsanwältin.«

Das einzige Persönliche war ihre Unterschrift. Er prägte sie sich ein, den Schwung der Kurven, die Schnelligkeit der Striche, denn sie sind wie Ulrike: verträumt und sachlich, verschnörkelt und schlicht. Er flüsterte ihren Namen, verglich die Signaturen unter den Briefen und legte sie nebeneinander, chronologisch sortiert, auf der Suche nach Indizien. Was hatte er sich eingebildet?

Sie habe sich krankgemeldet, erfuhr er heute, als er ein zweites Mal in der Kanzlei anrief. Warum war er ihr nicht gefolgt? Wieso war er bei Maria stehengeblieben? Dass er ihr gefehlt habe, hatte Maria behauptet, mit Tränen in den Augen. Dass an allem ihr Mann schuld sei, der sie zu ihrer Aussage gezwungen habe. Und dass sie jetzt begriffen habe, wen sie wolle: Heimann wolle sie, ein Kind von ihm, aber gedulden müsse er sich, bitte. Bis sie alles geregelt habe mit ihrem Mann.

Wie sollte Heimann das glauben? Nach dem ewigen Hin und Her. Die ganze Zeit ging es so: Sie beschwor ihre Liebe, ging zurück zu ihrem Mann. Kam wieder, weinte. Bat Heimann um Hilfe, griff ihn an für seine Vorschläge. Erlitt Zusammenbrüche, erfand Ausflüchte, weinte, jammerte, bat. Um ein bisschen mehr Zeit. Um Verständnis, Liebe, ein Zeichen derselben. Zum Beispiel ein Kind.

An der Nordsee war das gewesen. Als Marias Mann auf Dienstreise war, verbrachten sie ein verlängertes Wochenende in De Panne. Während eines Ausflugs nach Diksmuide trug sie den Wunsch das erste Mal vor. Im Weltkriegsmuseum. Draußen, im nachgebauten Schützengraben. Es nieselte. Vom Tonband heulten Granaten, detonierten krachend. Heimann duckte sich. Ein dicker Tourist machte Fotos von den Unterständen. Maria stolperte ihm vor die Linse, als sie klagte: Mit einem Kind wäre alles anders.

Heimann las eine Infotafel, den Kopf eingezogen unterm Granatengeheul. Der Regen wurde stärker. Maria zerrte Heimann ins Museumsinnere. Zu Fuß erklommen sie den Turm. Der Aufzug war ausgefallen. Drinnen toste es. Krieg brüllte vom Tonband: Panzerketten, Hufgetrappel. Explosionen und Schüsse. Immer wieder Schreie. Der Lärm schnitt ihnen das Wort ab. In anderen Räumen: Stille. Waffen in Vitrinen, Löcher in Uniformen.

Wie Gott das habe zulassen können, jammerte Maria. Die armen Menschen!

Am Vortag waren sie angekommen. Morgens hatte Heimann auf dem Bahnsteig gestanden, nicht wissend, ob Maria kommen würde. Nicht erreichbar war sie gewesen, hatte die Beziehung beendet gehabt. Weil er ihr vorgeschlagen hatte, sich von ihrem Mann zu trennen. Nachdem sie geweint hatte: wie schrecklich der sei, wie rücksichtslos. Isolieren wolle er sie, auf Schritt und Tritt verfolgen, einsperren zu Hause wie in einen Käfig.

Sie kam, als der Zug schon einfuhr, bepackt mit zwei Koffern, vorwurfsvoll: Er hätte am Taxistand auf sie warten können!

Der Wagenstand stimmte nicht. Heimann schaute nach dem richtigen Waggon. Maria entriss ihm die Sitzplatzreservierung, ließ ihm ihre Koffer.

Jetzt standen sie auf der Aussichtsplattform des Museumsturms, blickten weit ins Land. Friedlich lag es da. Der Regen trieb sie zurück in den Schlachtenlärm. Dann fuhren sie hinab. Der Fahrstuhl funktionierte wieder. Das Wetter klarte auf. Zurück in De Panne, packten sie die Badesachen. Ebbe war und endlos der Strand. Quallen darbten in der Sonne. Möwen standen hungrig im Wasser, balgten sich um Krebse. Überall war der Tod. Überall war Leben.

Maria sonnte sich. Heimann suchte Weite, Ferne, Alleinsein. Ließ sich hinaustreiben auf der Luftmatratze. Wie damals an der Ostsee. Ein Versöhnungsversuch sei jener Urlaub gewesen, glaubt Heimann heute. Minutiös muss die Reise geplant gewesen sein. Vor allem der Urlaubsort: Kühlungsborn, DDR. Kein Gemeindemitglied würde sich hierher verirren. Hier wären die Eltern sicher. Könnten öffentlich kuscheln, sich küssen, frei sein, Liebende, Eltern. Angereist auf getrennten Wegen, der Vater über Hamburg, die Mutter mit Martin über Berlin.

Im Urlaub stritten die Eltern. Nachts lag Martin wach und lauschte. Tagsüber lag seine Mutter oft im Bett. Was sie hatte, bekam er nicht heraus; die Eltern sagten es ihm nicht. Sein Vater schickte ihn weg, wenn Martin nachts zu seiner Mutter wollte. Sie brauche Ruhe. Dann ging Martin wieder ins Bett, die Eltern stritten weiter. Sie waren ja ungehört. Und unbeobachtet. Nur Martin hörte sie.

Tagsüber suchte er das Weite. Auf seiner Luftmatratze paddelte er hinaus aufs Wasser. Die Eltern stritten am Strand. Der Vater hatte die Mutter aus dem Bett gejagt: Licht brauche sie, hatte er gemeint. Dann hatten sie wieder gestritten.

Martin paddelte, bis er nur noch Wellen hörte. Er sah den Strand, wenn die Wellen ihn hoben, sah die Eltern dort gestikulieren, klein und stumm. Dann sank er wieder und sah nur noch Wellen: striemige Ungeheuer, die flaschengrün zum Strand rannten. Er wendete, hielt aufs Meer zu. Kämpfte mit den Ungeheuern. Bis sie ihn durchließen: in anderes Wasser, außerhalb der Brandung.

Dann folgte die Stille. Er klammerte sich an die Luftmatratze, schwankte auf kabbeligen Wogen, sie warfen ihn hin und her, seiner nicht achtend. Ein Tier war das Meer, und es lief mit ihm davon – ein Tier, dem es egal war, ob es ihn trug oder verschluckte. Angst packte ihn: vor der Leere des Himmels. Und der Dunkelheit unter sich.

Die Küstenwache hielt ihn für einen Republikflüchtling. Drei Stunden lang saß er in einer Zelle, zehnjährig, in Badehose, eine Decke über den Schultern. Dann kam seine Mutter ihn holen. In dieser Nacht war Ruhe. Sein Vater hatte Kopfschmerzen. Tags darauf fuhren sie vorzeitig heim. Wieder auf getrennten Wegen: der Vater über Hamburg, die Mutter mit Martin über Berlin.

Später fing Maria immer öfter davon an, wie gerne sie ein Kind hätte. Heimann konnte darüber nicht reden. Was Familie ihm bedeutet? Er wusste es selbst nicht. Erst seit ich davon schreibe, klärt sich der Morast. Eine Schuldfabrik ist Familie. Eine Hölle mit Himmelstheater. Eine Hölle baut sich nicht neu, wer ihr entronnen ist. Einen Himmel darf nicht erklimmen, wer in die Hölle gehört, weil er auf Erden nicht sein darf. Und wer selbst nicht sein darf, darf sich erst recht nicht vermehren.

20 Er kam nach Hause wie in die Fremde. Schmutzige Wäsche lag herum. Im Abfalleimer wucherte Schimmel, die Weinflasche, die Heimann am Tag seiner Festnahme geleert hatte, lag unter dem Bett. Fruchtfliegen hausten darin. Aufräumen wollte er, nie wieder trinken. Aber er ließ alles liegen, stand auf dem Balkon und schaute den Mauerseglern zu. Am Schreibtisch sitzt er jetzt, und die Mauersegler sammeln sich zur Reise, von der Zeit gejagt wie ich. Immer langsamer schreibe ich, und oft bin ich müde.

Heimann selbst ist voller Drang und macht es mir noch schwerer. Unruhig ist er, springt immer wieder auf. Weil er nicht glaubt, dass Ulrike krank ist. Anrufen will er sie, nimmt den Hörer ab und legt wieder auf. Manchmal wählt er sogar, aber meistens nicht sehr weit. Oft springt er gerade dann auf, wenn ich etwas notieren will. Zum Beispiel: dass es ja auch anders gewesen sein könnte. Dass nämlich die Versuchspersonen einfach mitspielten, alle nicht verstehend, was damit gemeint war, den Willen zu fühlen, der die Bewegung der Hand verursacht.

Was für ein Gefühl soll das sein: etwas zu wollen? Ich weiß es nicht. Dabei will ich allerlei. Ich sehne mich nach Ulrike. Bei mir heißt das: an sie zu denken, Bauchweh zu haben, mir ihr Gesicht vorzustellen, ihre Gesten und Augenfarben. Zu fürchten, sie nie wiederzusehen. Und mich ins Schreiben und Nachdenken zu flüchten.

Kommt er von selbst, so ein Wille? Unwillkürlich? Dann wäre auch das Tun unwillkürlich. Ruft man ihn also? Per Willenswille? Auch den müsste man wollen. Und wenn mich einer zwingt, etwas zu tun, was ich nicht will? Will ich's dann doch? Dann wollte ich, was ich nicht will! Aber tut man nicht Dinge, weil man sie tun will? So sagen wir doch. Und benennen damit eine Ursache? Kaum wollte man was, verursachte dies Taten.

Manchmal steht die Erinnerung schlagartig vor ihm. Als ob Ulrike hier wäre. Als hörte, röche, sähe er sie. Ist plötzlich da und beginnt dann zu verblassen. Zurück bleibt die Hoffnung, die Erscheinung möge wiederkommen. Aber sie kommt nur, wenn er an anderes denkt. Und so denkt er erst recht an andres.

Wie machte er's denn: sein Wollen erkennen? Wenn er müsste, als Versuchsperson? Irgendwas nähme er! Und wüsste hinterher nicht mal, ob es immer noch das wäre, das er eben so genannt. Es könnte also ständig was anderes sein. Belanglos wär's, so gut wie ein Nichts, solches »Wollen«.

Und wenn man wirklich etwas will? Wenn man sagt, man wolle dies oder das? So reden wir doch! Und scheren uns nicht um das ominöse Etwas, das jene Probanden artig meldeten. Weil keiner sich traute zu gestehen, er spüre es nicht. Weil's ein Professor war, der es ihnen aufgetragen hatte. Und der Professor hat dann sein Hirngespinst entthront, einen Popanz, den es nicht gibt: den Akt des Wollens.

Gab es nicht Zeichen? Gestrahlt hat Ulrike, die Augenfarbe gewechselt, ihn angeschaut und nichts gesagt, weggesehen und wieder nichts gesagt. An ihrem Ring gedreht, an ihrer Kette genestelt. Stehenlassen hat sie ihn vor dem Gericht. Weggegangen ist sie, plötzlich, ohne Gruß. Macht man das mit einem, der einem egal ist?

Gerade war es wieder so weit. Heimann nahm den Hörer ab, wollte wieder auflegen. Ich habe ihm den Hörer ans Ohr gepresst, er riss ihn mir weg, ich drückte auf Wahlwiederholung, griff wieder nach dem Hörer, Heimann hielt mich fest, hieb mit der Nase auf die Gabel.

Abends ging er in die Uni. Unkorrigierte Arbeiten türmten sich auf seinem Schreibtisch, Gedichte seiner Studenten, Kurzgeschichten, Exposés. Er rührte den Stapel nicht an. Der größte Teil waren Gedichte aus der Übung »Liebeslyrik« vom letzten Semester. Der Herzschmerz ekelte ihn. Zu voll war er mit seiner eigenen Sache. Zu voll mit Ulrike.

Wo sie finden? Wie sich ihr nähern? Ihr ein Gedicht schreiben? Nein, das geht nicht. Wie man Verse macht, kann er erklären. Aber selbst dichten? Seine Studenten können es besser. Er neidet es ihnen. Vor allem dem Boris. Einen Förderpreis hat er bekommen, einen Gedichtband veröffentlicht. In Zeitungen wird er besprochen, zu Lesungen eingeladen, bestaunt und beklatscht, umringt von Frauen. Wie ein Liebesgott schreibt er und ist doch ohne Liebe: Unberührt wirkt er, ist schüchtern, lebt allein. Ein Naturtalent, das aus der Sehnsucht schöpft.

Jetzt wühlte Heimann doch im Stapel. Suchte nach Versen von Boris. Der Stapel sank um. Blätter raschelten zu Boden. Heimann fand nichts, erinnerte sich: Boris war nicht in der Übung gewesen. Hatte auf Epik umgesattelt, schrieb einen Roman.

Heimann schämte sich, als er den Stapel restaurierte, und hoffte doch heimlich, noch Brauchbares zu finden. Aber es war nichts dabei. Nichts, das so klang, als könnte es von ihm sein. Es war ja auch eine Schnapsidee: Ulrike ein geklautes Gedicht zu schicken. Oder sonst was Geschriebenes. Außer freilich: meine Aufzeichnungen.

Heimann wurde heiß bei dem Gedanken. Ja, es war ihr Vorschlag gewesen, alles aufzuschreiben. Auch wenn sie sich gewiss etwas anderes vorgestellt hatte. Eine sachliche Schilderung des Vorfalls. Keine Abhandlung wie diese hier. Aber das war jetzt egal. Einen Begleitbrief brauchte es. Was aber schreiben? Man kann so viel falsch machen. Und so strich ich durch, was Heimann jeweils schrieb: »Liebe Ulrike«, »Hallo, Frau Kuhnt, wie geht es Ihnen?« Kindisch klang das.

Heimann gab es auf, als die Sonne verblasste. Milchiges umrieselte den Lichtkegel der Schreibtischleuchte, ergraute und schwärzte sich ein. Es war Nacht, als der Brief sich endlich schrieb: »Liebe Frau Kuhnt, das hier ist der Bericht, den Sie mir vorschlugen zu schreiben. Erinnern Sie sich? Ganz am Anfang war das, und jetzt ist alles schon vorbei. Unser Verfahren, meine ich. Als Aussage hätte er eh nicht getaugt, aber geschrieben habe ich ihn für Sie. Ihr Martin Heimann. PS: Es tut mir leid, dass wir uns nicht richtig verabschieden konnten.«

Mit einem Haufen beschriebener Seiten steckte er den Brief in einen Umschlag, schrieb die Kanzleiadresse darauf und klebte ihn zu. Im Sekretariat legte er ihn in den Ausgangskorb. Das Zettelchen, auf dem »Ausgang« steht, hing wie immer halb herab. Der Tesafilm war brüchig. Ich drückte den Zettel wieder fest, und Heimann sah zu, wie er sich langsam wieder löste. Als der Zettel herabgesunken war, klaute Heimann sich eine Zigarette aus dem Schrank der Sekretärin. Dann schloss er ab und ging nach Hause.

Bis in den Morgen wälzte er sich im Bett und fand keine Ruhe. Er öffnete das Fenster. Ein Rotkehlchen sang, schlaflos wie wir.

21 Nach dem Frühstück ging Heimann wieder zur Uni. Kollegen waren nicht zu sehen. Alleine saß er im Büro, zog eine Seminararbeit aus dem Stapel auf dem Schreibtisch und begann, sie zu lesen. Ich kritzelte an ihren Rand. Er klemmte mich unter seinen Hintern und versuchte, die Arbeit mit rechts zu korrigieren. Ich befreite mich, stahl ihm den Stift, beschmierte die Seitenränder. Mit Wichtigerem: Gedanken an Ulrike, an die Versuche, von denen Ingerfeld berichtet hatte, und an seine schrecklichen Schlussfolgerungen daraus.

Schrecklich klingt es: kein Ich zu haben. Ich stelle mir vor: ein Loch ist in mir, wo – ja, was eigentlich? Woran soll ich mein Ich erkennen? Dennoch habe ich eins, oder nicht? Es ist doch jenes in mir, ohne das ich nicht wäre. Aber wie könnte ich etwas sein, das ich habe? Wie könnte ich sein, was in mir ist? Ich wäre bloß ein Teil von mir.

Nachdem ich zwei Seitenränder derart beschmiert hatte, nahm Heimann Papierbögen aus dem Drucker und legte sie mir hin. Die verschmierte Arbeit packte er zurück auf den Stapel. Sie war nicht mehr vorzeigbar. Der Studentin würde er sagen, ihre Arbeit sei nach Korrektur leider verlorengegangen. Aber sie sei brillant gewesen, wirklich brillant! Eins mit Sternchen.

Brillant fand ich, was ich inzwischen geschrieben hatte – seit meine vorherigen Notizen per Post an Ulrike gegangen waren. Würde Heimann ihr auch die neuen Zettel schicken? Und was, wenn die alten längst im Papierkorb der Kanzlei lagen? Aber das sollte Heimanns Problem sein, nicht meines. Mein Problem war ein anderes, und ich schrieb es aufs weiße Papier: Ständig sag ich »ich« – und weiß nicht, was ich damit meine? Was soll da nur in uns sein, dass wir nicht sehen, schmecken, greifen können? Uns selbst gibt es, aus Fleisch und Knochen. Und von uns wollen wir frei sein? Ein Geist ohne Körper, luftiger als Wind? Wie Gott wollen wir sein! Und sind doch nur ein paar nackte Affen, die sich für was Besseres halten.

Heimann gähnte, sein Magen knurrte. Ich hatte mich leergeschrieben. Pathos macht müde. Und hungrig. Er griff nach seiner Jacke, stopfte die beschriebenen Seiten in die Tasche. Die Seminararbeiten würde er ein anderes Mal korrigieren. Zu schreiben war jetzt wichtiger. Ulrike war wichtiger.

An der Schieferplatte vor der Unibrücke blieb er stehen. Eine Strophe ist dort eingraviert, aus einem Gedicht von Heine.

Er kann es auswendig und liest die Verse trotzdem jedes Mal. Ein Posten sei vakant, steht da: Die Wunden klafften. Der eine falle, die andern rückten nach. Doch falle er unbesiegt, und seine Waffen seien nicht gebrochen. Nur sein Herze.

Heimann hatte das Rektoratsgebäude hinter sich gelassen, als Ingerfeld vom Eingang der Klinik heruntergetorkelt kam. Sein Arztkittel leuchtete. In der Hand hielt er einen Flachmann. Ein Radfahrer musste ihm ausweichen und schimpfte, Ingerfeld sah auf und erkannte Heimann: Sei er also freigekommen, weil seelisch gestört? Er beglückwünsche ihn zu beidem!

Wir seien doch alle nicht frei, erwiderte Heimann, das habe er doch selbst gesagt.

Ach, winkte Ingerfeld ab: Das solle er nicht so ernst nehmen, wenn Ärzte zu philosophieren versuchten.

Er griff Heimann am Arm und zog ihn mit sich fort – den Weg zurück, den Heimann gekommen war. Er wetterte dabei: Überhaupt, was solle das Gefasel, wir hätten keine Wahlfreiheit?

Im Gehen versuchte er, den Flachmann in seinem Kittel zu verstauen. Mit der Linken hielt er Heimann am Arm. Sie gingen auf die Unibrücke zu.

Die Leute ließen sich zu leicht beeindrucken, schimpfte Ingerfeld: Mit offenen Mündern beglotzten sie die Bildchen der Neuroradiologen. Auf denen könne man zum Beispiel bestaunen, wie rasch das Glücksgefühl nach dem Kauf einer Krawatte verschwinde. Was solle der Zirkustrick? Fürs Menschsein seien die Menschen selbst die Experten. Sie bräuchten doch nur achtzugeben, was sie selbst erlebten. Aber nicht mehr nach innen schauten die Leute, sondern auf ihr Smartphone, um ihre Gesundheitswerte panisch mit Normwerten zu vergleichen. Und dann lieferten sie ihre Daten noch freimütig den Krankenkassen, die schon drauf und dran seien, das Solidarprinzip gegen einen neuen Sozialdarwinismus einzutauschen, und ruckzuck bekomme die schlechtere Gesundheitsversorgung, wer nicht seit dreißig Jahren jeden Tag Sport treibe. Freiheit und Solidarität, das seien am Ende die dicksten Fische im Datennetz!

Endlich hatte Ingerfeld den Flachmann in seinen Kittel gesteckt. Sie standen auf der Unibrücke. Ingerfeld rüttelte an der Tür des Kiosks. Sie war verschlossen. Er zog den Flachmann wieder aus dem Kittel und bot ihn Heimann an. Schnell griff ich zu. Heimann half mit der Rechten, damit ich nichts verkleckerte.

Ganz die Alte, brummte Ingerfeld, nahm auch einen Schluck und stopfte den Flachmann in seinen Kittel zurück.

Was Heimann hier treibe, fragte er. Heimann sagte es ihm, und Ingerfeld freute sich, dass sie ja quasi Kollegen seien.

Als Heimann zurückfragte, sagte Ingerfeld: Er habe Icks besucht, der im Sterben liege. Sie kennten einander seit Schulzeiten, hätten gemeinsam Medizin studiert, dann habe Icks die Psychologie hinzugenommen, und er selbst habe sich auf die Radiologie konzentriert.

Sie gingen weiter Richtung Bibliothek. Warum eigentlich? Wo wollte Ingerfeld hin? In der Cafeteria gab es keinen Schnaps zu kaufen.

Icks leide, erzählte Ingerfeld. Wenigstens nehme er endlich Schmerzmittel, inzwischen sogar sehr starke, die aber kaum noch hülfen. Dennoch halte er sich tapfer. Die Krankheit habe Icks verändert. Jahrelang hätten sie keinen freundschaftlichen Kontakt mehr gehabt und immer darum konkurriert, wer der Schlauere sei.

Inzwischen standen sie vor der Schieferplatte. Ingerfeld deklamierte laut. Seine Stimme flatterte: Ein Posten sei vakant, die Wunden klafften ...

Weiter kam er nicht. Ein Posten sei vakant, schluchzte er. Dann setzte er sich vor das Denkmal und weinte. Wieder griff er nach dem Flachmann, fand ihn leer und warf ihn Heimann vor die Füße.

Heimann steckte die Flasche in seine Jackentasche und las erneut die Strophe. Er fragte sich, ob er auch so viele Gedankenstriche gemacht hätte wie Heine. Er zählte vier, las die Strophe ein zweites Mal. Die Zahl blieb dieselbe.

Icks habe nach Heimann gefragt, sagte Ingerfeld: Er wolle ihm etwas sagen. Heimann solle sich beeilen.

Der Professor streckte die Arme aus, Heimann half ihm auf, und gemeinsam gingen sie den Weg zurück, den sie gekommen waren. Vor der Uniklinik trennten sich ihre Wege. Zum Abschied zupfte ich Ingerfeld zwei Stifte aus der Brusttasche und warf sie ins Gebüsch. Er lächelte traurig.

22 Eine halbe Stunde drückte Heimann sich anderntags vor dem Klinikeingang herum. Auch vor dem Fahrstuhl und auf dem Flur der Station zögerte er. Vor Icks' Zimmertür stand er und traute sich nicht rein. Eine Krankenschwester kam, klopfte für ihn an und eilte weiter.

Heimann hörte kein »Herein«. Selten hört man ein »Herein« in Krankenhäusern, weil die Türen so dick sind oder die Kranken zu schwach oder beides. Vielleicht schlief Icks, oder er hatte das Klopfen nicht gehört. Heimann wollte schon gehen, da kam die Schwester zurück, öffnete die Zimmertür und meinte, reingehen müsse er aber schon selbst.

Icks schien zu schlafen, den Kopf zum Fenster gewandt. Ein graufleckiger Himmel langweilte sich vor der Scheibe. Eine Gruppe Dohlen schwankte im Wind und versuchte, das Dach der Klinik anzusteuern.

Als die Dohlen verschwunden waren, wandte Icks ihm das Gesicht zu. Es war noch fahler als während des Haftprüfungstermins. Heimann setzte sich auf einen Stuhl neben dem Bett.

Er habe keine Blumen mitgebracht, sagte Heimann.

Icks winkte ab: Er brauche nichts mehr.

Heimann wurde rot, aber Icks lächelte. Auch das Lächeln schien weh zu tun. Beklommen sah Heimann zum Fenster hinaus.

Die Mauersegler seien weg, sagte Icks.

Heimann nickte. Den ganzen Morgen hatte er vertrödelt, um nicht diesen Besuch machen zu müssen. Alles andere schien plötzlich wichtiger zu sein. Das Wichtigste: den Briefträger abzuwarten, der vielleicht eine Nachricht von Ulrike brächte. Aber der Briefträger war den ganzen Morgen nicht gekommen, und gegen Mittag war Heimann zur Uni aufgebrochen.

Schon seit ein paar Tagen hält er es so: Er geht erst aus dem Haus, nachdem der Briefträger dagewesen ist. In Jacke und Schuhen steht er morgens am Fenster und sieht den Postboten herannahen, blonden Schopfes, roten Gesichts. Dann stoppt der Bote und wühlt in seinem Wägelchen, verschwindet hinter Türen, kommt wieder raus, schiebt den Wagen ein Stück weiter. Bis er endlich vor Heimanns Haustür steht und mit Briefen in der Hand im Haus verschwindet. Sobald er wieder herausgekommen ist, eilt Heimann ins Erdgeschoss, wo der Briefkasten leer geblieben ist, und geht zur Uni. Kehrt er abends heim, schaut er wieder in den Briefkasten. Der Bote könnte den Brief ja im Wagen übersehen haben und später zurückgekehrt sein. Das ist eine fixe Idee und ein bisschen neurotisch, und weil Heimann das weiß, gibt er sich gleichgültig: Im Vorbeigehen steckt er mich lässig in den Schlitz, und ich rappele mit meinen Fingern im Kasten. Nie ist ein Brief von Ulrike darin, und immer geht Heimanns Lässigkeit dann flöten, er öffnet die Kastentür, und vor seinem geistigen Auge sieht er den Brief, der nicht da ist, herausfallen, vor Heimanns Brust, in der sein Herz dann eilig würde.

Heute Vormittag hat Heimann es am Fenster nicht mehr ausgehalten. Dreimal ist er zum Briefkasten runtergegangen, dreimal wieder hinauf in den vierten Stock. Mittags brach er endlich zur Uni auf, obwohl der Briefträger noch nicht dagewesen war. Unterwegs glaubte er mehrmals, Ulrike zu sehen. Einmal verschwand sie um eine Ecke, ein anderes Mal stieg sie in eine Straßenbahn, ein drittes Mal betrat sie einen Supermarkt, während wir im Bus vorbeifuhren, und jedes Mal überkam ihn der Impuls, ihr nachzulaufen. Ich drückte den Halteknopf, der Bus hielt an, und Heimann blieb sitzen. Der Busfahrer maulte und schüttelte den Kopf.

Heimann redete sich ein, er widerstehe dem Drang, Ulrike nachzulaufen, sei kein Spielball seines Herzens, sondern frei in seinen Entscheidungen – so frei sogar, nicht zu tun, was er tun wolle. Aber genauso gut könnte man sagen, er wollte eben mehrerlei und entschied sich für das eine. Und so gab er sich wieder seinen Gedankenspielen hin: Tut man nicht alles, was man tut, aus freiem Willen? Was meint man damit? Dass man frei ist zu tun, was man will. Und so spreche ich also von mir, wenn ich von meinem freien Willen rede, und zu sagen, es sei mein freier Wille, was auch immer zu tun, heißt nur, dass ich's tun wolle.

Bin ich frei zu wollen, was ich will? Zwingt mich nicht mein Gehirn? Aber wie sollte das gehen: wollen zu müssen? Wenn ich gezwungen werde, kann ich doch Widerstand leisten, und worin sollte mein Widerstand gegen meinen Willen bestehen? Weder kann ich wollen wollen noch nicht wollen wollen oder gar wollen müssen, und weder bin ich frei noch unfrei zu wollen oder nicht.

Freilich reicht mein Wille nicht sehr weit, und das Wenigste an mir gehorcht ihm. Nicht einmal kann ich jederzeit denken, was ich will. Oft fallen mir Wörter nicht ein. Oder Gedanken überkommen mich gegen meinen Willen. Sie tanzen mir auf der Nase herum, und meine Gefühle sind mir ähnlich ungehorsam. Nicht einmal mein Körper ist mein. Was in mir geschieht? Ich hab fast nichts davon im Griff.

Bin ich darum unfrei? Dächte ich freier ohne graue Zellen? Freilich nötigt mein Magen mich zu essen, und halte ich die Luft an, übermannt mich bald der Reflex zu atmen. Zwingt nicht mein Körper mich zu leben? Und irgendwann: zu sterben? Aber Sterben ist keine Tätigkeit, genauso wenig wie Leben: Man nimmt sein Leben nicht auf, beendet es nicht um einer anderen Tätigkeit willen. Man ist einfach nicht mehr da.

Aber die Wolken seien noch da, meinte Icks. Obwohl sie immerzu vergingen.

Heimann lächelte schief, und Icks flüsterte: Wenn man lache, solle man es ganz tun. Sonst bleibe etwas unerledigt.

Wieder waren die Dohlen vor dem Fenster, stürzten herab, schwebten hinauf.

Heimann solle sich Hilfe nehmen, riet Icks, und seinen Vater kennenlernen.

Was er den ganzen Tag tue, fragte Heimann.

Atmen, sagte Icks.

Als er die Augen schloss, geriet der Himmel in Bewegung. Löcher taten sich auf in den Wolken, die Sonne griff mit langen Fingern ins Land, und die Dohlen waren verschwunden.

Icks Mund stand offen, seine Bronchien pfiffen. Steifbeinig erhob sich Heimann und achtete darauf, den knarrenden Stuhl nicht zu verschieben.

Woran er auf dem Heimweg dachte? Ich weiß es nicht mehr. Vielleicht dachte er nichts oder merkte es nicht. Als er zu Hause ankam, öffnete er den Briefkasten ohne einen Gedanken an Post, und ein Brief von Ulrike fiel ihm vor die Füße.

23

Der Briefumschlag trug den Stempel der Kanzlei. Die Sekretärin wusste nun also, dass sich schon wieder ein Mandant in Frau Kuhnt verguckt hatte. Das war gewiss nichts Neues, und die Antwort musste nicht mehr diktiert werden. Frau Kuhnt brauchte nur um »mal wieder so einen Brief« zu bitten, und die Sekretärin rollte mit den Augen. Was hatte Heimann sich bloß gedacht?

In der Küche legte ich den Brief auf den Herd. Heimann würde ihn später öffnen. Er fühlte sich nicht stark genug für eine Abfuhr. Oder gar für eine Mahnung, weil die Überweisung des Rechnungsbetrags vielleicht nicht geklappt hatte.

Eine halbe Stunde saß er reglos auf dem Sofa, dann packte er seine Reisetasche, steckte den Brief in die Jacke, brachte den Müll in den Keller und ging. Am Hauptbahnhof kaufte er ein Baguette mit Käse. Am Ende des Bahnsteigs saß er auf seiner Reisetasche, knabberte das Brot und dachte an Icks. Eine Taube pickte Krümel auf. Als der Zug kam, warf ich ihr den Rest des Baguettes hin. Sie hackte darauf herum. Krümel flogen nach allen Seiten.

Während der Zugfahrt dachte Heimann an die Matrjoschka. Sein Vater hatte eine gehabt. In seinem Arbeitszimmer stand sie zwischen den Büchern im Regal. Als Kind hatte Heimann mit ihr gespielt. Aus der Dunkelheit ihrer hölzernen Leere gebar sie eine kleinere Puppe, die Kleinere spie eine noch kleinere aus, die tat ihr gleich, und immer so fort, bis die kleinste Puppe am Licht war; dann blieb nichts mehr zu tun, als die kleineren zurück in die größeren Puppen zu stellen. War die Größte wieder allein, stellte der Vater sie zurück ins Regal und seufzte: So seien die Frauen, setzten Kinder in die Welt und nennten es Liebe.

Heimann erreichte die Abtei am nächsten Vormittag. Er hatte mit mehreren Zügen und dann mit einem Bus fahren müssen. Die Nacht hatte er in einem Gasthaus verbracht. Spätabends war er dort angekommen.

Die Abtei lag außerorts. Auch zu ihr fuhr ein Bus. Während der Fahrt regnete es. Als Heimann ausstieg, hörte der Regen auf. Auf der anderen Straßenseite war die Abtei. Krähen und Dohlen umschwirrten ihre Dächer und Türme. Rundherum lagen Wiesen, Wald und Felder.

Geduckt betrat Heimann den Klostergarten. Rosen und Margeriten gab es hier, Schlafmohn und Lupinen, Kräuter, Gemüse, Obstbäume. Ein Komposthaufen dampfte. Die Zweige eines Apfelbaums bogen sich unter der Last seiner Früchte, ein Besenstiel stützte ihn. Zwei Amseln hüpften über den Rasen und legten die Köpfe schief. Die eine erwischte einen Regenwurm und flog davon, die andere hinterher.

Heimann erkannte ihn sofort. Eine schiefe Nase stand dem Alten zu groß im Gesicht, seine Wangen waren hohl, die Haare kurz und schütter. Es war, als schaute Heimann in einen Spiegel, der die Zukunft zeige. Die Mundwinkel des Alten waren heruntergezogen, die Augen schauten, als lohne sich das Sehen nicht. Die Nase war blau von Äderchen, die Hände versteckte er hinter seinem Rücken. Er stand geduckt, als fürchtete er Schläge.

Ich pflückte einen Apfel vom Baum, warf ihn fort, riss Blätter von den Zweigen.

Was mit dem Arm sei, fragte der Vater.

Schlaganfall.

Wie alt er jetzt sei.

Heimann antwortete nicht.

Zu jung für einen Schlaganfall, murmelte der Vater.

Es nieselte wieder.

Warum er ihn vorher nicht besucht habe.

Er sei doch geflohen.

Wovor er geflohen sein soll.

Drei Mönche watschelten heran, grüßten stumm und entfernten sich gemächlich. Heimanns Vater wartete, bis sie außer Hörweite waren.

Das sei hier nicht der Ort, sagte er.

Er führte Heimann durch eine Gruppe alter Bäume und öffnete ein Eisentor. Sie betraten den Friedhof der Abtei. Er war teils von Mauern, teils von einer Hecke umgeben. In den hintersten Winkel gingen sie. Eine Felswand begrenzte dort das Gelände, vielleicht drei Meter hoch. Baumwurzeln umgriffen die Abbruchkante. Am Fuß der Wand war ein frisches Grab. Der Wind hatte die Kranzbänder verdreht, sie waren nicht zu lesen. Die Kranzblumen welkten.

Der Vater setzte sich auf einen Schemel und sagte lange nichts. Was wollte Heimann von diesem Mann? Was hatte er mit ihm zu tun? Icks war ihm vertrauter.

Der Vater kramte eine Schachtel filterloser Zigaretten unter seiner Kutte hervor. Er bot Heimann eine an, aber der wollte von ihm nichts annehmen. Der Vater zündete sich eine Zigarette an, ließ Rauch aus seiner Nase strömen und starrte ins Leere.

Es habe eine Abtreibung gegeben, sagte er schließlich: Die Mutter sei depressiv geworden. Der Arzt habe ihr ein Antidepressivum verschrieben. Heute sei dieses Mittel nicht mehr auf dem Markt, da es Depressionen auch verstärken könne.

Wieder zog er an der Zigarette. Knisternd fraß sich die Glut ins Papier. Wieder fuhren zwei Rauchsäulen aus seiner Nase.

Der Vater hustete, dann zog er ein drittes Mal und blies den Rauch über die Grabkränze. Eine Amsel schimpfte.

Tatsächlich hätten die Pillen alles verschlimmert, sagte er: bis zum Allerschlimmsten.

Asche fiel auf seine Kutte.

Er habe beim Bischof Krach geschlagen: Man müsse wahrhaftig sein, habe er gesagt. Der Bischof habe ihm geraten, ins Kloster zu gehen, damit er zu sich komme. Seitdem sei er hier. Alles habe er verloren: Gemeinde, Frau und Sohn.

Er bemitleidete sich. Heimann wollte das Gerede nicht hören. Ich schubste seinen Vater vom Hocker. Mit Mühe kam der Alte auf die Beine, breitete die Arme aus, fiel Heimann um den Hals. Er hing wie ein Sack an Heimann. Als ich ihn schlug, ließ er endlich los. Er heulte vor sich hin und versuchte, Heimann zu segnen. Der stieß ihn weg. Der Alte fiel aufs Grab, warf mit Erde und schrie: Weg! Weg!

Heimann rannte zurück in den Klostergarten, verlief sich, erkannte nichts wieder. Hinter einem Fenster stand ein Mönch, wies ihm stumm den Weg. Heimann rannte aus dem Garten. Als seine Lungen schmerzten, fand er sich auf einer Allee wieder. An einer Birke erbrach er sich. Dann setzte er sich unter einen Baum in der Nähe. Dort hockte er vielleicht eine Stunde lang.

Ein Bauer auf einem alten Trecker nahm ihn in den nächsten Ort mit. Es war der Ort, in dem Heimann übernachtet hatte. Vor dem Bahnhof setzte der Bauer ihn ab. Dann wendete er, nickte zum Abschied und fuhr zurück in Richtung Kloster. Kein Anhänger war am Trecker, keine Hacke hatte der Bauer dabei, keine Heugabel, nichts.

Heimann wartete lange auf dem Bahnsteig. Die Sonne brannte, Grillen zirpten, Wildblumen reckten sich aus dem Gleisschotter. Ein alter Regionalzug rollte heran. Die Sitze stanken.

Der Anschlusszug hatte ein Bordrestaurant. Heimann bestellte ein Bier, aber die Kellnerin brachte ihm Fencheltee: Er solle erst einmal den trinken – auf Kosten des Hauses, sagte sie. Der Tee stand nicht auf der Karte.

Nachdem er den Becher geleert hatte, suchte Heimann sich einen Fensterplatz im Ruhebereich. Bald schlief er ein. Irgendwann weckte ihn der Schaffner, Heimann suchte seine Fahrkarte und griff in die Jackentasche. Ich reichte dem Schaffner den Kanzleibrief, der gab ihn mir zurück. Ein Rentner sah zu und schüttelte den Kopf.

Endlich fand Heimann die Fahrkarte. Der Schaffner wünschte eine angenehme Reise und verschwand. Ich drehte den Brief in meinen Fingern. Als Heimann ihn öffnen wollte, verkündete eine Stimme aus dem Lautsprecher, dass man in Kürze Düsseldorf Hauptbahnhof erreiche.

24

Unter dem Betreff »Ihre Sachverhaltsschilderung« schreibt Ulrike: »Sehr geehrter Herr Heimann, vielen Dank für Ihren ausführlichen Bericht, der ein völlig neues Licht auf die Sache wirft. Im Grunde eröffnen Sie damit ein neues Verfahren. Ich schlage daher vor, dass wir uns auf dem Vergleichswege einigen, und lade Sie zu diesem Zweck für kommenden Samstag ins Café Modigliani. Die Verhandlung ist auf 20 Uhr terminiert. Bitte seien Sie pünktlich. Falls es zwischenzeitlich neue Erkenntnisse in der Sache gibt oder weitere schriftliche Aufzeichnungen entstehen, bringen Sie diese bitte mit. Sie könnten mir vielleicht daraus vorlesen? Mit neugierigen Grüßen, Ulrike Kuhnt, Rechtsanwältin.«

Heimann tanzte auf dem Balkon und pfiff ein Lied, das er nicht kannte. Die vertrockneten Balkonblumen schienen noch einmal blühen zu wollen. Heimann belohnte sie mit der Gießkanne.

Am Samstagabend saß er pünktlich um acht auf der Terrasse vor dem Café Modigliani. Der Kellner langweilte sich am Thekenfenster, um zehn nach acht näherte sich Ulrike. Sie trug ein Sommerkleid, grün wie ihre Augen, flache Schuhe, ebenfalls grün, erkannte Heimann, sah weg, kam heran.

Sie hatte kaum Platz genommen, da fragte sie, wie es denn nun weitergehe.

Heimann machte große Augen.

Mit dem Gefängnistagebuch, meine sie – nun, da er in Freiheit sei.

Ach so, dachte ich, erleichtert und enttäuscht.

Wer das alles denn nun schreibe, er selbst oder die Hand?

Das alte Problem! Ist Heimann ich oder ein anderer? Ich war die Frage leid.

Irgendwie beide, murmelte Heimann.

Ich schlug ihm an die Schläfe. Ich hatte ihm einen Vogel zeigen wollen. Neuerdings fällt es mir schwer, feinere Bewegungen auszuführen.

So Persönliches habe er noch nie geschrieben.

Warum nicht, fragte Ulrike.

Ach, Ulrike, was sollte er sagen? Er traut sich doch nicht, braucht dich oder mich – Menschen, die kurzen Prozess mit ihm machen. Ich werde ihn bald alleine lassen. Und du? Was hätte er dir sagen sollen? Unmöglich klingt's: dass er sich mit dir so fühlt wie nach seinen Versuchen in der Zelle; als sähe er alles zum ersten Mal und kennte es doch schon immer; als täte nicht er, was er tut, sondern ein Fremdes, und als wäre dieses Fremde eine lang verlorene Heimat. Wie soll man denn so etwas Komisches sagen?

Ulrike zwinkerte ihm zu und meinte, wenn er nicht reden wolle, dann müsse er es halt schreiben – aber dann wolle sie es auch vorgelesen bekommen. Ein Mandant müsse seiner Anwältin schließlich vertrauen und ihr alles mitteilen, was zur Sache gehöre.

Um welche Sache gehe es denn, fragte Heimann.

Jedenfalls um keine gerichtliche mehr, antwortete Ulrike und wechselte das Thema. Bei Gericht habe sie gestern Kimmling getroffen. Sie solle sich vorstellen, habe der gesagt, da sei doch gestern diese Frau Gaßdorf bei ihm aufgetaucht und habe gesagt, dieser Heimann hätte ihr schon wieder den Hof machen wollen, gleich nach der Verhandlung. Sie wolle eine Verfügung erwirken. Sie solle sich an die Polizei wenden, habe er, Kimmling, ihr gesagt.

Als der Kellner kam, bestellten beide ein Glas Weißwein. Dann sagten sie lange nichts. Kinder spielten auf dem Friedensplätzchen Fußball, Halsbandsittiche schossen im Tiefflug über sie hinweg. Ein Promenadenterrier pinkelte an den öffentlichen Bücherschrank.

Ich spielte mit dem Bierdeckel. Ulrike nahm ihn mir ab, als der Kellner die Weingläser brachte. Nachdem er die Bestellung auf den Deckel geschrieben hatte, schnappte ich ihm den Stift aus den Fingern und kritzelte neben die Zahlen.

Ulrike lehnte sich vor und las: Ein Posten sei vakant?

Den Stift könne Heimann behalten, sagte der Kellner und ging.

Ich schrieb: Die eine falle, eine andre rücke nach.

Wieder runzelte Ulrike so herrlich die Stirn, und ihre Haarspitzen kitzelten mich, als sie las: Sonst breche sein Herze?

Mehr konnte ich nicht tun.

25 Auf dem Umschlag stand kein Absender, die Adresse war mit Füller geschrieben, in großen, zittrigen Lettern. Noch am Briefkasten entfaltete Heimann den mehrseitigen, handgeschriebenen Brief. Er las die erste halbe Seite, bis er begriff, wer ihm schrieb.

Er war in Eile. Er wollte zu Icks' Beerdigung und war spät dran. Er hatte eigentlich noch eine schwarze Krawatte kaufen wollen. Icks hatte immer Krawatte getragen, außer im Krankenhaus. Jetzt stieg Heimann zurück in die Wohnung. Er würde ohne Krawatte zur Beerdigung gehen. Am Küchentisch las er weiter.

Es tue ihm leid, schrieb der Vater, wie ihre Begegnung verlaufen sei. Aufgeregt sei er gewesen, überrumpelt und froh. Zumal er selbst diesen Gang hätte tun müssen. Sie hätten einander sehr geliebt, Dorothee und er. Er habe nie für möglich gehalten, dass ihm so etwas passieren könnte. Plötzlich sei Dorothee schwanger gewesen und bei ihm eingezogen. Verstecken und Lügen hätten begonnen, ein Durcheinander von Liebe, Angst und Schuld, sodass das Schönste immer das Schrecklichste gewesen sei. Er habe jeden Tag daran gedacht, wie er diesen Zustand beenden könnte, aber auch sein Bischof habe nicht helfen können. Solange alles so bleibe und niemand davon spreche, sei alles gut, habe der gesagt.

Nach dem Tod Dorothees habe er erst recht nicht den Mut gehabt, sein Amt aufzugeben, neu zu beginnen, als Sozialhilfeempfänger mit Kind, denn Arbeitslosengeld bekämen ehemalige Kleriker nicht. Und das Recht, sein Kind zu sehen, hätte er sich gerichtlich erstreiten müssen. »Vater unbekannt«, stehe in Heimanns Geburtsurkunde. Und ein Kind großzuziehen, habe er sich alleine nicht zugetraut.

Der Bischof sei sehr lieb zu ihm gewesen. Alles sei doch jetzt überstanden, habe der gesagt, der Junge versorgt, die Beziehung beendet, er solle neu anfangen, als Ordenspriester. Diese Möglichkeit sei ihm ein Lichtblick gewesen: die mönchische Hinwendung zu Gott, den er immer mehr verloren gehabt habe. Dieser Verlust sei der Kern seiner Schuld, die alles andere erst ermöglicht habe. All das sei wahr, und dennoch seien es Ausreden. Er bitte Martin darum, ihn wiedersehen zu dürfen, er könne im Gästehaus des Klosters schlafen, ob er ihm diese Freude machen wolle?

Heimann rannte ins Bad und erbrach sich. Alles kotzte er aus. Aber es lag ihm ja nicht nur im Magen. Überall lag es ihm, im Fleisch und in den Knochen, in Haut, Herz und Haaren.

Eine Weile hockte er vor der Toilette. Dann putzte er sich die Zähne und besah sich im Spiegel. Fleckig und bleich war er. Auf Beerdigungen dürfe man schlecht aussehen, sagte er sich. Trotzdem hätte er lieber gut ausgesehen, denn Ulrike würde auch dort sein. Am Friedhofseingang wollten sie sich treffen.

Er holte tief Luft. Atmen, hatte Icks gesagt. Dann lief er zum Stoffeler Friedhof.

26 Heimann lachte im Schlaf, bis er davon erwachte. Tränen liefen ihm über die Wangen. Aus großen Augen sah Ulrike ihn an, besorgt erst, dann belustigt, und nahm ihn in die Arme, er kicherte zwischen ihren Brüsten und wurde endlich still. So lagen sie lange beieinander.

In seine Wohnung waren sie gegangen, Heimann hatte Kaffee gemacht. Still waren sie gewesen, noch stiller als beim Leichenschmaus, wo so viele durcheinandergeredet hatten. Nun saßen sie zu zweit in Heimanns kleiner Küche, und die Löffel klirrten in den Tassen, als wüssten sie Bescheid. Komisch ist es, wenn man nur schweigt. Bis man endlich auch darüber hinausgeht.

Sie gingen ohne meine Hilfe, anders als beim Leichenschmaus. Dort war ein letztes Mal mein Eingreifen nötig gewesen, das Heimann immer so gefürchtet hatte. Schon am Grab hielt er mich fest. Er schüttelte den Kopf, als Ulrike ihm das Schippchen reichen wollte. So warf sie ein zweites Häufchen Sand in die Grube. Dumpf plumpste es auf den Sarg. Auch als Ingerfeld ihn Icks' beiden Witwen vorstellte, hielt Heimann mich fest. Und erst recht, als wir später neben Ulrike saßen, im Lokal am Stoffeler Kapellchen. Nur einmal, um zu trinken, ließ Heimann mich los. Endlich berührte ich Ulrike, ihre Hand, ihren Arm, ihre Wange, ihr Haar, das ich mit zitternden Fingern zurück hinter ihr Ohr strich, und Heimann ließ mich. Dann nahm Ulrike mich in ihre Hände, und als die Wirtin ihre letzten Gäste vor die Tür setzte, Ingerfeld und uns, hielten Ulrikes Hände mich noch immer.

All das gehört nicht mehr hierher. Auch nicht, wie Ulrike ihn wieder verließ. Wegen seiner Trinkerei. Es ist Teil einer anderen Geschichte. Auch dies gehört nicht mehr hierher: wie sie in der Abtei waren. Wie sie im Klostergarten spazierten, mit Heimanns Vater. Zum Abschied hielt der Vater lange Ulrikes Hand. Dann segnete er sie, und Heimann ärgerte sich darüber. Sein Vater flüchtete sich in eine rituelle Geste. Weil er zu einer persönlichen nicht fähig war? Aber Ulrike fand es schön, sagte sie hinterher zu Heimann. Dass das wie eine Bitte gewesen sei. Und dass sie ihm gegolten habe.

Es ist eine andere Geschichte – Vorspiel einer Zukunft, in die ich nicht mehr reiche. Ich will sie nicht erzählen. Ich kann es auch nicht. Ich werde immer müder. Kaum greife ich mehr um mich, auch nicht nach den Stiften, und oft setzt sich Heimann ans Papier und nichts passiert: Ich rühre mich nicht, und das Papier bleibt weiß. So sitzt er dann da und schaut mich lange an. Und ich liege auf dem Tisch und staune.

Dabei wusste ich es. Ich hatte es doch immer vor Augen. Was geschieht, meine ich. Man muss ja nur hinschauen. Ich hatte es übersehen wie etwas, das immer schon da war, verborgen in seiner Alltäglichkeit, während ich nach dem Besonderen schaute. Aber es gibt nichts Besonderes. Es gibt nur das Einfache. Plötzlich reicht das: da zu sein. Es reichte eigentlich schon immer. Wenn ich nicht immerzu um mich gegriffen hätte. Wenn ich nicht so lange gesucht hätte. Ich hätte viel eher gefunden. Nichts ist woanders, sondern alles hier bei mir.

Ich schwinde. Es fühlt sich seltsam an. Wie ein Ausatmen. Wie das Zurückschwingen auf einer Kinderschaukel. Wie das Abrollen der Wellen vom Strand. Wie das Ruhigwerden nach wildem Gelächter – wenn in den Augenwinkeln noch das Lachen steht, in den Augen aber schon das Staunen: Was trieb mich hervor? Was lässt mich wieder fort? Und mein Leben wird fremd wie ein Rausch.

Es geschieht mir. Wie alles geschieht. Ich geschehe und weiß: Was ich wirklich bin, bleibt.

ANMERKUNG

Die frühesten Berichte über einen Fall von AHS (*alien* oder *anarchic hand syndrome*) stammen von Kurt Goldstein (1908, 1909). Goldsteins 1934 erschienenes Hauptwerk »Der Aufbau des Organismus« ist inzwischen auch in einer deutschsprachigen Ausgabe wieder erhältlich (Goldstein 2014). Einen Überblick zum Syndrom vermitteln Della Sala/Marchetti/Spinnler (1994), Della Sala/Marchetti (1998), Della Sala (2014) und Hassan/Josephs (2016). Vereinzelt tauchen in neurologischen Fallberichten anarchistische Hände auf, die mit einem Bleistift kritzeln (Goldberg u. a. 1981; Gottlieb u. a. 1992). Geschrieben haben freilich auch diese Hände nicht.

Die Experimente Benjamin Libets können bei diesem selbst nachgelesen werden (Libet 2007), diverse Beiträge dazu zum Beispiel bei Geyer (2004) und Sturma (2006). Die Kritik (nicht nur) dieser Experimente, die unsere Erzählfigur vorbringt, orientiert sich im Wesentlichen an Bennett und Hacker (2010) und damit an Wittgenstein (1984).

Über die Situation liierter katholischer Kleriker und ihrer Frauen und Kinder informieren mehrere Sachbücher und Lebensberichte, zum Beispiel Jäckel (1994), Jäckel/Förster (2002) und Aschenbrenner (2014) sowie die Beiträge in Bruhns/Wensierski (2006).

N. D.

Aschenbrenner, Anton (2014): *Ich liebe Gott (und eine Frau)*. München.

Bennett, Maxwell; Hacker, Peter (2010): *Die philosophischen Grundlagen der Neurowissenschaften*. Darmstadt.

Bruhns, Annette; Wensierski, Peter (2006): *Gottes heimliche Kinder. Töchter und Söhne von Priestern erzählen ihr Schicksal*. München.

Della Sala, S. (2014): »anarchic hand«. In: Bayne, T.; Cleeremans, A.; Wilken, P. (Hgg.): *The Oxford Companion to Consciousness*. Oxford: 37–39.

Della Sala, S.; Marchetti, C. (1998): »Disentangling the Alien and Anarchic Hand«. *Cognitive Neuropsychiatry* 3.3: 191–207.

Della Sala, S.; Marchetti, C.; Spinnler, H. (1994): »The anarchic hand: a frontomesial sign«. In: Boller, F.; Grafman, J. (Hgg.): *Handbook of Neuropsychology*, Bd. 9. Amsterdam: 233–255.

Geyer, Christian (Hg.) (2004): *Hirnforschung und Willensfreiheit. Zur Deutung der neuesten Experimente*. Frankfurt am Main.

Goldberg, G.; Mayer, N. H.; Toglia, J. U. (1981): »Medial frontal cortex infarction and the alien hand sign«. *Archives of Neurology* 38: 683–686.

Goldstein, Kurt (1908): »Zur Lehre von der motorischen Apraxie«. *Journal für Psychologie und Neurologie* 11.4/5: 169–187.

Goldstein, Kurt (1909): »Der makroskopische Hirnbefund in meinem Falle von linksseitiger motorischer Apraxie«. *Neurologisches Centralblatt* 28: 898–906.

Goldstein, Kurt (2014): *Der Aufbau des Organismus. Einführung in die Biologie unter besonderer Berücksichtigung der Erfahrungen am kranken Menschen*. Paderborn.

Gottlieb, D.; Robb, K.; Day, B. (1992): »Mirror movements in
the alien hand syndrome. Case report«. *American Journal of
Physical Medicine and Rehabilitation* 71: 297–300.

Hassan, Anhar; Josephs, Keith A. (2016): »Alien hand syndrome«.
Current Neurology and Neuroscience Reports 16.73: 1–10.

Jäckel, Karin (1994): *Sag keinem, wer dein Vater ist! Das Schicksal von Priesterkindern. Zeugnisse, Berichte, Fragen.* München,
Zürich.

Jäckel, Karin; Forster, Thomas (2002): *… weil mein Vater Priester ist.* Bergisch Gladbach.

Libet, Benjamin (2007): *Mind Time. Wie das Gehirn Bewusstsein produziert.* Frankfurt am Main.

Sturma, Dieter (Hg.) (2006): Philosophie und Neurowissenschaften. Frankfurt am Main.

Wittgenstein, Ludwig (1984): *Philosophische Untersuchungen.*
Werkausgabe, Bd. 1: 225–580. Frankfurt am Main.

DER AUTOR

Nils Dorenbeck, geboren 1971, studierte Germanistik und Politikwissenschaft an der Heinrich-Heine-Universität Düsseldorf, war Lehrbeauftragter für »Sprache und Schreiben« an der Folkwang Universität der Künste Essen und mehr als zwanzig Jahre als Redakteur und Redenschreiber in Wirtschafts- und politischer Kommunikation tätig. Zurzeit ist er wissenschaftlicher Mitarbeiter in der Germanistischen Sprachwissenschaft an der Universität Trier. »Die widerspenstige Hand« ist sein erster Roman.

1. Auflage: März 2025
© 2025 by MaroVerlag, Augsburg
ISBN 978-3-87512-678-5

Umschlag: Claudia Schramke

Gesetzt aus der
Eskorte Latin und der Adult Sans
Herstellung: CPI Books

Der Verlag dankt sehr herzlich
Lena Zoe Dernai, Susanne Neuffer, Inez Schütt
und Jana Völkl für die Unterstützung
beim Korrektorat.

PRODUKTSICHERHEIT
MaroVerlag
Zirbelstraße 57a · 86154 Augsburg
produkte@maroverlag.de
Sicherheitshinweis entsprechend
Art. 9 Abs. 7 S. 2 der GPSR entbehrlich.